浮雲心霊奇譚

邪《じゃ》鬼《き》の涙《なみだ》

神永学

Jaki no Namida

UKIKUMO SHINREI KITAN

Manabu Kaminaga

集英社

目次

CONTENTS

浮雲心霊奇譚
Jaki no Namida
UKIKUMO SHINREI KITAN
邪《じゃ》鬼《き》の涙《なみだ》

◎登場人物

浮雲《うきくも》……赤眼の〝憑きもの落とし〟。
土方歳三《ひじかたとしぞう》……薬の行商。剣の腕が立つ。
才谷梅太郎《さいたにうめたろう》……土佐藩の武士。江戸に遊学している。
遼太郎《りょうたろう》……旅の者。
宗次郎《そうじろう》……剣士。少年ながら卓越した技を遣う。
狩野遊山《かのうゆうざん》……絵師にして呪術師。
蘆屋道雪《あしやどうせつ》……陰陽師《おんみょうじ》。浮雲の母の一族。
千代《ちよ》……道雪の下で働く女。赤眼を持つ。

序

闇の中に、小さな光が浮かんでいた――。

留吉《とめきち》は、神社の前を通りかかったときに、それに気付いた。

親の使いで、隣の村まで届け物に行った帰りだった。本当は、暗くなる前に帰りたかったのだが、途中で道に迷ってしまった。

辺りはすっかり暗くなり、儚《はかな》い月明かりだけが頼りだった。

空腹でお腹《なか》がぐるぐると鳴っているし、歩き疲れて足が痛い。何より、こんなに長く一人きりでいたことがない。心細くて、少しでも気を抜くとじわっと涙が滲《にじ》んでしまう。

帰りが遅くなったことを、おっとうに叱られるかもしれないけれど、それだってこのまま一人でいるよりずっといい。それに、きっとおっかあがいつものように庇《かば》ってくれるはずだ。

早く、おっかあに会いたい。ふっくらとした笑みを見て、安心したい。ふと足を止めると、古い神社が見えた。

鬱蒼《うっそう》と木々が生い茂る神社の前は、一際暗く、そこだけぽっかりと穴が空いているようだった。

留吉は、走って神社の前を通り過ぎようとしたのだが、その行く手を阻むように、ぼうっと赤い光が浮かんだのだった。

最初は、人魂《ひとだま》の類いかと思い身を固くしたが、よく見ると、それは松明《たいまつ》の灯《あか》りだった。

法衣を纏《まと》った僧侶が、松明を持って神社の鳥居の前に立っていたのだ。

何だ。ただ僧侶が立っているだけか。留吉は、ほっと胸を撫《な》で下ろして再び歩き始めたのだが、僧侶に近付くにつれて妙なことに気付いた。

僧侶の頭は、異様に大きかった。

それに、僧侶は肩を小刻みに震わせていた。それは、笑っているようでもあり、泣いているようでもあった。

三間ほどのところまで近付いたとき、僧侶がゆっくりと留吉の方を振り返った。

あまりのことに、留吉は言葉を失った。

僧侶の目は吊《つ》り上がり、口は耳許《みみもと》まで裂け、猪《いのしし》のように下顎から二本の犬歯が突き出ていた。

そして——。

広い額には、二本の角が生えていた。

——お、鬼だ。

留吉は、よろよろと後退《あとじさ》る。

——夜は鬼が出るから、絶対に一人で出歩いてはだめよ。

おっかあの言葉が、脳裏を過《よぎ》った。

——鬼は悪いことをした子どもを攫《さら》って、喰《く》っちまうんだよ。

留吉は、おっかあからその話を聞いたとき、真剣な眼差《まなざ》しで頷《うなず》きながらも、内心では笑い飛ばしていた。

子どもに言うことを聞かせるための方便だと思っていた。

でも、鬼はいた。

——嫌だ！　喰われたくない！

留吉は「わっ！」と声を上げるなり、踵《きびす》を返して走り出した。

家とは反対方向だが、そんなことを気にしていられない。少しでも、鬼から遠ざかりたかった。

必死に走りながら振り返る。

鬼は、留吉を追って来ることなく、真っ赤に燃える松明を持ったまま、じっとそこに立っていた。

ひとまず追われていないことに安堵《あんど》したが、その姿が見えているうちは安心できない。

留吉は、前を向いてがむしゃらに走った。

どんっと何かにぶつかり、ひっくり返るように転んでしまった。

暗くて前がよく見えなかった。木か何かにぶつかったのだろう。留吉は、尻に痛みを覚えながらも、何とか立ち上がろうと顔を上げた。

「え?」

すぐ目の前に、人が立っていた。

藍色の着物を着た女の人だった。そうだ。この人に助けてもらおう。留吉は、目の前の女の人にすがろうとした。

だが——。

その女の人も——鬼だった。

留吉は、堪《たま》らず悲鳴を上げた。

第一章

一

「まだ、着かねぇのか？」

土方歳三《ひじかたとしぞう》の隣を歩いている男――浮雲《うきくも》が、ため息交じりに言った。

この問いは、もう何度目だろう。半ばうんざりしながらも、歳三は「もうすぐですよ」と、これまでと同じことを繰り返した。

「お前は、さっきから、そればっかりじゃねぇか。当てにならん。もうすぐってのはいつだ？」

浮雲は、持っていた金剛杖《こんごうづえ》を、ぶんぶんと振り回し、子どもが癇癪《かんしゃく》を起こしたように憤慨している。

「もうすぐは、もうすぐです」

歳三は適当に答えながら、チラリと浮雲に目をやる。

江戸から京の都まで旅をするというのに、浮雲は白い着物を着流し、空色の生地に雲の模様をあしらった袢纏《はんてん》、赤い襟巻という、おおよそ旅をするとは思えない格好をしている。

おまけに髷《まげ》も結わないぼさぼさの髪で、両眼《め》を赤い布で覆っている。

端から見れば盲人と思われるかもしれないが、実際はそうではない。

浮雲は、生まれながらに両眼が赤い。歳三などは、妖しくも美しい色だと思うのだが、全ての人がそう思うわけではない。

奇異の目に晒《さら》されるのを嫌って、赤い布を巻いて隠しているのだ。

己と異なる者に対して、人はどこまでも冷酷になるものだ。隠す気持ちは分からなくもない。その癖、両眼を覆う赤い布に、墨で模様じみた眼を描いているのが分からない。

隠そうとしている割に、余計に目立ってしまっているように思うが、本人は今の格好を存外に気に入っているようだ。

「まったく。お前が急に岡崎《おかざき》まで行くなどと言い出すから、要らぬ苦労を強いられることになる」

浮雲の指摘通り、岡崎まで進もうと言ったのは歳三だった。

「それについては説明したはずです。世話になっている医者が、岡崎にいるんです。そこに顔を出したいんですよ」

「それはお前の都合だろうが」

「ええ。そうですよ。これまで、何度もあなたの我《わ》が儘《まま》に付き合ってきたのですから、たまにはいいじゃないですか」

「おれが、いつ我が儘を言った？」

「いつもですよ」

「納得できんな。我が儘なら、歳《とし》の方が多いだろうが。川崎宿《かわさきしゆく》でも、余計なことに首を突っ込んで、大変な目に遭っただろ」

それに関しては、言い逃れができない。

浮雲の両眼は、ただ単に色が赤いだけではない。死者の魂――つまり幽霊を見ることができるという特異な体質の持ち主である。江戸にいた頃は、それを活《い》かして憑《つ》きもの落としを生業《なりわい》としていた。

川崎宿に立ち寄った際、歳三は浮雲を利用し、火車に纏《まつ》わる怪異の解決を買って出た。

「まあ、良いではないですか。あなたは、憑きもの落としなのですから。私は、仕事を世話したに過ぎません。そもそも、あれは宿賃を浮かすためにやったことですから」

「とんだ言い草だな。金も取らずに首を突っ込んだ一件もあるだろうが」

「はて？　何のことでしょう？」

「分かっている癖に」

浮雲は、そう言いながら振り返った。

少し後方を歩いている、宗次郎《そうじろう》と遼太郎《りようたろう》の姿が見えた。

宗次郎は、懇意にしている天然理心流《てんねんりしんりゆう》試衛館《しえいかん》の道場主である近藤勇《こんどういさみ》が、歳三の身を案じて送ってきた剣士だ。

まだ、十三歳の少年だが、剣の腕は滅法強い。遊び半分に、十人からなる盗賊の集団を、たった一人で打ち倒してしまったことがある。

遼太郎の方は、箱根《はこね》の峠で起きた怪異がきっかけで、行動を共にするようになったのだが、確かにあの一件は、一文の得にもならない話だった。

「箱根の一件を、まだ根に持っているんですね」

「当たり前だ。とんだお荷物だよ」

浮雲がぼやく気持ちも、分からなくもない。

本来なら、遼太郎は、歳三たちと旅をするような身分ではない。何せ、その正体は徳川慶喜《とくがわよしのぶ》なのだ。

詳しくは聞いていないが、故あって家出をしている身だ。

徳川慶喜の——いや、遼太郎の命を付け狙って、刺客が放たれてもいる。一緒にいるだけで、こちらの身にも害が及ぶ。

それが分かっていてなお、遼太郎と旅を続けている。

「どうします？　今から金にならないと、遼太郎さんを放り出しますか？」

歳三は足を止めると、目を細めて浮雲を見た。

無論、本気でそんなことを言ったわけではない。浮雲が、遼太郎を見捨てることなどできないと分かった上での言葉だ。

「お前という男は、本当にいやみな野郎だ」

浮雲が舌打ちをした。

「そうですか？　ただ正直なだけです。あなたと違って」

「そういうところだ」

「何の話をしてんだ？」

後方を歩いていた宗次郎が、不思議そうに首を傾《かし》げながら訊《たず》ねてきた。

「何でもねぇよ」

浮雲がつっけんどんに言う。

「何か怪しいな」

宗次郎は、興味津々といった感じで腕組みをする。遼太郎の方は、言葉こそ発しなかったが、不安そうに眉を顰《ひそ》めている。

勘のいい遼太郎のことだ。話の内容が、自分のことであると、察しているのかもしれない。

「本当に何でもありませんよ。もうすぐ岡崎宿に着くので、その後の段取りについて、色々と話していたんです」

「段取り？」

宗次郎が再び首を傾げる。

「ええ。ここからは、別行動になります。私は、これから馴染《なじ》みの医者のところに顔を出します。皆さんは、先に宿に向かって下さい。鶴亀屋《つるかめや》という旅籠《はたご》で、私の紹介だと言えば、部屋を用意してくれるはずです」

浮雲と遼太郎は、すぐに了承の返事をしたのだが、宗次郎は「ぼくは、土方さんと行く」と言い出した。

「仕事で顔を出すんです。一緒に来ても、面白くはありませんよ」

そう窘《たしな》めたのだが、宗次郎は譲らなかった。

「近藤さんから、『土方さんを頼む』って言われたんだ。土方さんは、隙が多いから、ついて行かないと心配だ」

十三歳の子どもに、身を案じられるほど落ちぶれてはいない――と言いたいところだが、三島《みしま》では宗次郎に助けられたのも事実だ。

「駄々を捏《こ》ねられても困るのですよ」

「子ども扱いするな！」

「子どもでしょ」

「違う！　そこまで言うなら勝負だ！」

宗次郎は、腰に挿していた木刀を素早く抜くと、歳三にその先端を向ける。目が真剣だ。本気でここでやり合うつもりらしい。

「止《よ》しなさい」

「問答無用」

宗次郎がだんっと地面を蹴り、鋭い突きを繰り出してきた。

流石《さすが》の速さだが、こうも殺気を漲《みなぎ》らせた攻撃なら対処は容易だ。歳三は、身体《からだ》を回転させるようにして木刀を躱《かわ》すと、そのまま宗次郎の足を払った。

宗次郎が、「わっ！」と声を上げながらひっくり返る。それで諦めてくれれば良かったのだが、宗次郎はすぐに立ち上がり、再び木刀を構える。

負けず嫌いな上に頑固者だ。

「分かりました。駄々を捏ねないと約束するなら、ついて来てもいいですよ」

歳三が告げると、宗次郎はぱっと顔を明るくして、ぴょんぴょんと飛び跳ねた。

こういうところが、まだ子どもだ。

二

「あの二人は、大丈夫でしょうか？」

遼太郎は、歩き去っていく歳三と宗次郎の背中を見つめながら呟《つぶや》いた。

「平気だ。気にするな」

浮雲は、事もなげに言うと、金剛杖を担いでスタスタと歩き始める。

「し、しかし……何かあってからでは遅いです」

「何かってのは何だ？」

「例えば、宗次郎さんが土方さんを後ろから襲うとか――」

宗次郎は、つい今し方、歳三に木刀を向けて襲いかかったばかりだ。いつ、また同じようなことをするとも限らない。

心配する遼太郎に、浮雲は「はっ」と声を上げて笑った。

「さっきの立ち回りのことを心配しているなら、要らぬ気遣いだ。あんなのは、遊びみたいなものだ」

「そうは見えませんでしたけど……」

木刀を構える宗次郎の目は、真剣そのものだったし、突きの鋭さも遊びの類いではなかったように思う。

「あいつらは、真剣に遊んでいるだけさ」

「そ、そうなのですか？」

「ああ。そんなことより、少し寄り道するぞ」

「寄り道？」

「せっかく岡崎まで来たんだ。菜飯田楽《なめしでんがく》を食わない手はねぇだろ」

「菜飯田楽？」

聞いたことがない。食べ物であろうことは分かるが、それが何なのか分からない。

「何だよ。知らねぇのか。お前は、少しは世間のことを知った方がいい。本に書いてあることばかりじゃ頭でっかちになるだけだ」

「それは……」

そうなのかもしれない。

遼太郎は、父に言われるままに、学問と武芸に精を出してきたが、そうしたことでは学べないことが、世間にはたくさんあるのだということを、浮雲たちとの旅を通して実感していた。

これまで、自分の身の上のことで手一杯で、民の暮らしのことなど露ほども知ろうとしていなかったのだ。

遼太郎のそんな心情を知ってか知らずか、浮雲がこつんっと頭を小突いてきた。

「な、何をするんですか」

「何でもねぇよ。それより、菜飯田楽ってのは、大根の葉を混ぜ込んだ菜飯と、味噌《みそ》田楽を一緒に食べる土地《ところ》の名物料理だ」

「それって、美味《おい》しいのですか？」

色々なものを詰め込み過ぎていて、どんな味がするのか皆目見当がつかない。

「食ってみりゃ分かる。ほら行くぞ」

浮雲は歩を速め、ずんずんと進んで行く。遼太郎は、置いていかれないように、必死にその後を追いかけた。

浮雲の勝手さに振り回されている気がするが、それを不快だとは感じなかった。むしろ、雲のように自由に形を変えるその有り様に、憧れにも似た想《おも》いを抱いている。

それに、浮雲たちは、遼太郎の正体を知っている。それでもなお、これまでと変わらずに接してくれている。そのことが嬉《うれ》しかった。

ただの勝手な思いなのだが、彼らと一緒にいるときだけは、自分の身分を忘れられるような気がする。

「おっ！　あの店が良さそうだ」

岡崎宿に入り、街道をしばらく進んだところで浮雲が足を止めた。

金剛杖で指し示した先には、立派な造りの茶屋があった。多くの人で賑《にぎ》わっていることからも、評判の店のようだ。

「いらっしゃい」

茶屋の前に立っていた若い女が声をかけてきた。

ほっそりとした瓜実顔《うりざね》の美人だ。浮雲は、顎に手をやりにやにやとした笑みを浮かべる。

「お前、名は何という？」

浮雲が訊ねると、女は「紅葉《もみじ》です」と朗らかな笑みを浮かべた。

「その名に恥じぬべっぴんさんだな」

「分かるんですか？」

「ああ。目なんぞ見えなくても、美人は匂いで分かるのさ」

得意げに語る浮雲を見て、遼太郎はため息を吐《つ》いた。

女と見ると、浮雲は本当に見境がない。紅葉は、浮雲を盲目だと思っているようだが、両眼に巻いた布の目は粗いので、本当は見えているのだ。

「お上手ですね。お客さんは、旅の人ですか？」

「そうだ。しばらく、ここに逗留《とうりゅう》しようと思っていてな。紅葉に会えるなら、ここに骨を埋めていいな」

紅葉は、浮雲の適当な言葉を笑って受け流したあと、急に真顔になった。

「だったら、気を付けて下さい」

声を潜めて紅葉が言う。

「何をだ？」

「この宿場町には、鬼が出るんですよ」

「鬼？」

遼太郎は、浮雲と顔を見合わせた。

「はい。人を喰らう鬼が出るんです。額に二本の角を生やした鬼です」

紅葉は自分の指を角に見立てて、額に当ててみせた。

「そんなバカな……」

「嘘《うそ》じゃありませんよ。見たって人が、何人もいるんですから」

「それは……」

言いかけた遼太郎の言葉を遮るように「待て！」と叫ぶ声がした。

追っ手が来たのか？　と身構えた遼太郎だったが、すぐにそれが自分に向けられた声でないことに気付いた。

宗次郎と同じ歳くらいの少年が、こちらに向かって走って来る。身なりからして、寺の小僧といったところだ。

そして、そのすぐ後ろを、三人の破落戸《ごろつき》が追いかけて来ていた。

小僧は遼太郎のすぐ近くで、前のめりに転んでしまった。手を貸そうとした遼太郎だったが、

「邪魔だ！」という威勢のいい声が響き、破落戸たちが間に割り込んで来た。

遼太郎は、破落戸たちに突き飛ばされる格好になり、尻餅を突いてしまった。

「手間を取らせやがって」

破落戸の一人が、小僧の身体を担ぎ上げると、そのまま連れ去ろうとする。何があったかは知らないが、白昼堂々人を攫うなど見過ごせるはずがない。

「ちょ、ちょっと待って下さい」

遼太郎は、立ち上がり咄嗟《とっさ》に呼び止めると、破落戸たちが一斉にこちらを睨《にら》み付けてきた。

「何だてめぇ！」

破落戸の一人が、鼻先がくっ付くほどに顔を近付けた。

酒臭い息に、思わず顔をしかめる。

「どのような理由があるのか分かりませんが、子どもを拐《かどわ》かすなんて言語道断です」

臆する気持ちはあったが、遼太郎はそれに負けじと背筋を伸ばし、強い調子で言った。

「うるせぇ！　お前《めえ》には、関わりのねぇことだ！　さっさと失《う》せろ！」

破落戸は、言葉だけに留《とど》まらず、遼太郎の鼻柱を殴りつけた。

どろっと鼻血が流れ落ちる。

相手は三人だが、こちらには浮雲もいる。三対二ならやりようはある。加勢を求めて浮雲に目

を向けた遼太郎は、思わずぎょっとした。

浮雲は、店先の縁台に腰掛け、ニヤニヤと笑っていた。まるで、芝居を楽しむ観衆のようだ。

――浮雲は、こういう男だった。

遼太郎は、今さらのようにそれを思い出した。浮雲は損得勘定でしか動かない。さっき、歳三ともそのことで言い合っていたではないか。

浮雲の加勢は望めないものの、だからといっておめおめと逃げ出すわけにはいかない。遼太郎は、ぐっと拳を固く握って破落戸たちと向き合った。

「何だその目は？　やるってのか？　だったら容赦はしねぇぞ！」

破落戸の一人が、遼太郎に向かって襲いかかって来た。だが――。

その男は、遼太郎を殴る前に横向きに吹き飛び、そのまま地面をごろごろと転がった。馬にでも蹴られたような有様《ありさま》だった。

――何だ？　何があったんだ？

戸惑う遼太郎の目に飛び込んで来たのは、一人の武士だった。

着物はずいぶんと汚れているが、風格があり、高潔で迫力のある雰囲気を纏っている。さながら龍《りゅう》のようだった。

「悪いな。急いで走っていたから、石ころと間違えて蹴ってしまった」

武士はそう言うと、天を仰ぎながら高らかに笑った。

どうやら、先ほど吹き飛ばされた破落戸は、この武士が蹴り飛ばしたらしい。

「てめぇ！　ふざけんなよ！」

破落戸の一人が、武士に摑《つか》みかかろうとしたが、その刹那、身体がぐるんっと縦に回転して、地面に倒れ込んでしまった。

おそらく、体術を使って投げ飛ばしたのだろうが、あまりに鮮やか過ぎて、もはや神通力なのではないかと思うほどだった。

武士は、小僧を抱えた破落戸にずいっと詰め寄る。

「さて、どうする？　おれも、これ以上の騒ぎは望まない。このまま、その子を置いて逃げるなら、見逃してやってもいいぞ」

武士の顔は、笑っていたが、その目は震え上がるほどに鋭かった。

破落戸は、しばし逡《しゅん》巡《じゅん》しつつも、この武士相手では勝ち目がないと悟ったのか、担いでいた小僧を下ろすと、少しずつ後退っていく。

一間《いっけん》ほど距離を取ったところで、くるりと踵を返し、倒れている仲間のことなどお構いなしに、一目散に逃げて行った。

「ほら、お前らもさっさと逃げちまいな」

武士は、呻《うめ》いている残り二人の破落戸たちにも声をかける。破落戸たちは、屈辱に表情を歪《ゆが》めながらも、てんでんに逃げて行った。

「坊主。大丈夫か？」

武士は小僧に、破顔しながら声をかけた。

「は、はい。あの——ありがとうございます」

小僧は、丁寧に腰を折って頭を下げた。

あんな連中に攫われそうになったのだ。相当に恐《こわ》かっただろうに、泣き叫ぶことなく、こうして話すことができる小僧に感心してしまう。

「お主も大丈夫か？」

武士は、今度は遼太郎に声をかけてきた。

「あ、はい。大丈夫です。助けて頂き、ありがとうございます」

「大したことじゃない。お主は、小僧を助けようと奮闘したが、おれは、慌てて石ころと間違えて蹴ってしまっただけだからな」

武士は、再び天を仰いで声を上げて笑った。

人助けをしたにもかかわらず、それを偉ぶらない。本当に気持ちのいい人だ。それに引き換え——。

遼太郎は、店先の縁台に座っている浮雲に目を向けた。

手助けするどころか、高みの見物を決め込む浮雲の態度に、心底腹が立った。そんな遼太郎の心情を知ってか知らずか、浮雲がのそりと立ち上がり、こちらに向かって歩みを進める。

「相変わらず、騒々しい奴《やつ》だな」

浮雲が楽しげに声をかけたのは、遼太郎ではなく、武士の方だった。

「おおっ！　誰かと思えば、浮雲ではないか！」

武士は、驚きつつも満面の笑みを浮かべる。

どうやら、二人はかねてからの知り合いで、偶然にもこの騒ぎの中で再会したということのようだ。

「まさか、こんなところで顔を合わせるとはな。しかし、見ていたのなら、加勢してくれてもよかったじゃないか」

「あんたの姿が見えたので、不要だと思ったまでだ。おれまで加勢したとあっては、破落戸たちが憐《あわ》れだよ」

そう言って、浮雲がにっと笑った。

話を聞く限り、浮雲は楽しもうと高みの見物をしていたわけではなく、この武士の姿を目にしたので、加勢は不要と判断したということか。

いや、本当にそうか？　遼太郎には、浮雲の言葉が方便に聞こえてならなかった。

「まあ、それもそうだな。ここで会ったのも何かの縁だ。どうだ。久しぶりに、一杯やらんか？」

武士が酒を呑《の》む仕草をしてみせると、浮雲が「いいね」と即座に応じる。

二人のあまりに楽しげな様子に、遼太郎は疎外された感じになる。だが、それは遼太郎に限ったことではなかったらしい。

「あの――」

助けられた小僧が、おずおずとしながらも二人の会話に割って入った。

「皆様に、助けて頂いたお礼をさせて下さい」

そう言って、小僧が深々と頭を下げた。

三

「ねぇ、ねぇ、いつまで歩くの？　もう疲れた！」

歳三の少し後ろを歩く宗次郎が、両手をだらりと垂らし、くねくねと身体を動かしながら文句を並べる。

――やはりこうなったか。

これから向かう医者の診療所は、少し離れたところにある。暗くなる前に宿に戻りたかったので、いつもより歩調を速めていた。薬の行商人として歩き慣れている歳三には、どうということはないが、子どもの宗次郎には、少々キツかったかもしれない。

「駄々を捏ねない約束だったはずですが」

歳三がチクリと言うと、宗次郎は、不貞腐《ふてくさ》れたように口を尖《とが》らせた。

「別に駄々を捏ねたわけじゃない。ただ、思ったままを口にしただけだ。何が悪い？」

「そういうのを、開き直りと言うのです」

「土方さんは、相変わらず小理屈ばかりだな。そんなんで、楽しいのか？」

――楽しくはない。

これまで生きてきて、楽しいなどと思ったことはない。

ただ、流されるままにぼんやりと生きている。何をしていても、どこか虚《うつ》ろ。気持ちが揺さぶられないのだ。自分は、いったい何のために生きているのか？　と答えの出ない問いが浮かぶことも多々ある。

唯一、歳三が高ぶるのは、生きるか死ぬかの瀬戸際で、剣を交えているときだけだ。命のやり取りをしているときだけ、歳三は自らが生きていることを実感できる。

こんなことを言えば、またあの男――浮雲に懇々と説教をされることになるだろう。

「祭《まつ》りか何かか？」

宗次郎が、前方を指差した。

その先には、神社の鳥居が見えた。神社に、あんな風に人が集まっていれば、一見すると祭りだと思うのは無理からぬことだ。

だが、集まっている人たちは、楽しげではないし、祭り囃子《ばやし》も聞こえてこない。何か良からぬことが起きているに違いない。

「行ってみましょう」

歳三は、急いで神社へと向かった。宗次郎がついて来られていないが、まあ知ったことではない。

「何かあったのですか？」

人だかりに近付いた歳三は、百姓らしき男に声をかける。

「神社で仏が出たんだよ」

おかしな言葉の組み合わせに、歳三ははて？　と首を傾げたが、すぐにその意味に行き当たった。

神社で死体が見つかったのだろう。男の口ぶりからして、事故の類いではなさそうだ。何やら物騒な臭いがする。

歳三は、死体を拝もうと足を踏み出したところで、男に腕を掴まれた。

「見ない方が身のためだ。あんな惨《むご》たらしい死体は初めてだ」

男の声が、微《かす》かに震えている。

よほど凄惨な状態なのだろう。だが、歳三は、そういうことに馴れている。

「安心して下さい。私は、薬屋ですから」

歳三は、笑みを浮かべて応じると、人混みを掻《か》き分けて進んでいく。

──あれか。

さっきの男が、見ないようにと忠告したのも頷ける。

酷《ひど》い有様だった。

社《やしろ》の扉の前に、生首が横倒しになっていた。少年のようだった。かっと目を見開き、半開きの口からは、舌がだらりと垂れている。

それだけではない。生首の少年の身体から引き摺《ず》り出されたと思われる腸《はらわた》が、社の階段に無造作に置かれていた。

放たれている強烈な悪臭に、歳三も思わず着物の袖で鼻と口を覆った。

奇妙なことに、生首と腸はあるのに、肝心の身体そのものが、どこにも見当たらなかった。

首を斬り落とし、腸を引き摺り出し、身体だけ持ち去ったとでもいうのか？　いったい何のために？

「酷いな」

「でしょ」

さっきの男が、歳三の隣に立っていた。

口許《くちもと》を着物の袖で押さえ、死体を見ないように、僅かに顔を逸《そ》らしている。何だかんだ、物好きな男のようだ。

「何があったのですか？」

歳三が訊ねると、男は眉間に皺《しわ》を寄せて苦い顔をした。

「鬼――ですよ」

「鬼？」

「ええ。滝川寺《たきがわでら》の鬼がやったんですよ――」

冗談かと思ったが、この男の顔は真剣そのものだった。

鬼などいない――と断言したいところだが、死体の異様な状況を見ると、本当に鬼がやったのではないかと勘繰ってしまう。

「ねぇ。何があったの？」

追いついて来た宗次郎が、無邪気に歳三に訊ねてきた。

教えてやるのが面倒だったので、歳三は目くばせして死体を見るように促した。目にするなり宗次郎は、「うへぇ」という素っ頓狂な声を上げる。

この死体の惨状を見て、なぜか歳三は、腹の底に疼《うず》くものを感じた。

黒く、蜷局《とぐろ》を巻く何かが、身体の外に出ようと暴れ回っている。そんな奇妙な感覚だった。

ふと、誰かに見つめられているように感じた歳三は、人だかりから逃れるように移動し、その先を追った。

神社の脇にある、茂みの中に、人が立っているのが見えた。

僧侶の格好をしていて、頭が異様に大きい。いや、違う。頭に何かを被《かぶ》っているのだ。

一瞬、宿敵である虚無僧《こむそう》姿の狩野遊山《かのうゆうざん》のことが頭を過ったが、すぐに打ち消す。狩野遊山が被っているのは深編笠《ふかあみがさ》だ。

そこにいる人物が被っているのは――鬼の面だった。

能などに使われる、顔の表面にあてがうだけのものではなく、頭からすっぽり被る鬼の面だ。

額からは二本の角が突き出ていて、裂けた口の下顎からは、鋭い牙が覗《のぞ》いている。

あれが、さっきの男が言っていた鬼なのか？

「土方さん。どうしたんだ？」

宗次郎が声をかけてきた。

「鬼が……」

歳三が、そう言って指差したときには、鬼の姿はもうそこにはなかった――。

四

その寺は、長い石段を上った先にあった――。

本堂は、檜皮《ひわだ》ぶきの寄棟造で、美しく、迫力があり、周囲を取り囲む深い森と相まって、荘厳な空気を醸し出していた。

由緒ある寺なのだろう。

感嘆しているのは、何も遼太郎だけではなかった。浮雲と才谷《さいたに》も、物珍しそうに、あちこち見て回っている。

遼太郎が、境内の外れに目を向けたとき、一人の女の姿が映った。

蔵の奥に石碑のようなものが建っていて、女は、それに向かって手を合わせていたのだ。

――あそこには、何が祀《まつ》られているのだろう？

などと遼太郎が考えていると、女がゆっくりとこちらを振り返った。

顔は真《ま》っ直《す》ぐ遼太郎を向いているが、目が合うことはなかった。女の瞼《まぶた》は、閉じられたままだった。よく見ると杖を持っている。

女は持っていた杖を突きながら、危うい足取りで境内を出て行った。

浮雲は、赤い両眼を隠すために盲人のふりをしているが、あの女は、本当に目が見えないのだろう。

もしかしたら、あの石碑に手を合わせていたのは、そうしたくてしたのではなく、見えないが故に、場所を間違えたのかもしれない。だとしたら、声をかけてやればよかったかもしれない。もう、行ってしまったのだから手遅れなのだが。

「どうした？」

遼太郎が、女の去った方をじっと見つめていると、浮雲が声をかけてきた。

見たことを伝えようと思ったが、浮雲のことだから、「女の尻を眺めていた――」と邪推しそうなので止めておいた。

「いいえ。何でもありません。それより、本当に良かったのですか？」

遼太郎が訊ねると、浮雲は「何がだ？」と、素っ気なく返してくる。

岡崎宿の茶屋の前で、成り行きから破落戸に絡まれていた小僧を助けることになった。

そのお礼がしたいと、小僧に寺まで案内されることになったのだが、実際に助けたのは才谷梅《うめ》太郎《たろう》という武士であって、遼太郎たちは何もしていない。それなのに、浮雲が才谷と知り合いということで、一緒に足を運ぶことになった。何もしていないのに、お礼をされるのは落ち着かない。

遼太郎が、そのことを言い募ると、浮雲はふんっと鼻を鳴らして笑った。

「お前は、相変わらず細かいことを気にする男だな」

「細かくはないと思いますけど……」

「おれたちが手を出す前に、梅さんが助けちまっただけで、助ける気持ちがあるんだからいいんだよ」

強引な言いようだ。

ただ、遼太郎が気にしているのは、それだけではない。

「土方さんたちは、いいのですか？」

別行動をしている歳三たちと宿で落ち合うことになっていた。それなのに、寺までついて来てしまったのでは、落ち合うことができず、要らぬ心配をさせることになる。

「言伝《ことづて》を頼んだだろうが」

確かに、近くにいた童《わらべ》に駄賃を渡し、宿への言伝を頼みはしたが、それがちゃんと伝わっているか怪しいところだ。

「お金だけ持ち逃げされたら、どうするんですか？」

「遼太郎殿は、心配性なのだな」

そう声をかけてきたのは、才谷だった。

「いや、しかし……」

「良い良い。歳三なら、言伝なんぞ伝わらんでも、何とかしてこちらを捜してくれるさ」

そう言って笑いながら、遼太郎の肩を叩《たた》いた。口ぶりからして、才谷は歳三のことをよく知っているらしい。

遼太郎の知る限りでも、歳三は落ち合うことができなかったからといって、途方に暮れることはないだろう。だが——。

「本当に、それでいいのでしょうか？」

「疑ってばかりでは、何も始まらん。信じて、裏切られれば良かろう」

才谷は、そう言うと、声を上げてまた笑った。

無茶苦茶な論なのだが、才谷が言うと、妙に人を納得させるから不思議だ。才谷は、根っからの人たらしのようだ。自分に、少しでもその才覚があれば、もっと上手に立ち振る舞うことができたかもしれない。

「皆様、こちらでございます」

遼太郎の感傷を断ち切るように、小僧が声をかけてきた。

小僧の案内で寺務所の方に歩き出したところで、本堂の脇にある蔵の扉が開いて光が漏れた。中から住職と思《おぼ》しき男が姿を現わした。なぜか、茶碗《ちゃわん》の載った盆を持っている。

法衣に袈裟《けさ》をかけ、きちんとした身なりだが、酷く痩せているせいか、見窄《みすぼ》らしく見えてしまう。

猫背気味で、線のように細い目が、その印象を余計に強調しているのかもしれない。

住職は、扉に錠をしたあとで、こちらに向き直る。

「何があったのですか？」

住職は、酷く慌てた様子で小僧に駆け寄ると、肩に手を置き傷の有無などを検《あらた》めている。

遼太郎たちのことよりも、泥だらけで、怪我《けが》を負っている小僧のことに気がいっているようだ。

いる気がする。
自分の寺の小僧が、泥だらけで帰って来たら、心配するのは当たり前だが、少し過剰になって

「実は――」

小僧は、町で破落戸に絡まれたことと、危ないところを助けられたことなどを、住職に話して聞かせる。

その語り口は明朗としているだけでなく、落ち着き払っていて、歳を感じさせないものだった。

「そうですか。あなたたちが助けて下さったのですか。誠にありがとうございます」

住職が、ようやくこちらに顔を向け、合掌して頭を下げた。

感謝されるほどに居心地が悪くなる。助けたのは、自分たちではなく、才谷だと言おうとしたのだが、それより先に、浮雲が「困っているのを、放っておけなくてな」と、いけしゃあしゃあと言ってのけた。

面《つら》の皮が厚いとは、まさにこのことだと思う。

「申し遅れました。私はこの寺の住職を務めております、隆盛《りゅうせい》と申します。こちらは、弟子の円心《えんしん》でございます」

隆盛の言葉に合わせて、小僧の円心が頭を下げた。

「何もないところですが、どうかお礼をさせて下さい――」

隆盛が丁寧に言う。

「礼もいいんだが、その前に一つだけ訊《き》かせてくれ」

浮雲が隆盛の言葉を遮った。

「何でしょう？」

「どうして破落戸は小僧の円心を拐かそうとしたんだ？」

浮雲の墨で描かれた両眼が、真っ直ぐ隆盛を見据える。

それについては、遼太郎も引っかかっていた。村の人間が、寺の小僧を襲うなんて話は、聞いたことがない。

あまり考えたくはないが、小僧の方に、何か訳があるのではないかと勘繰《かんぐ》ってしまう。

隆盛は口惜《くや》しさを滲ませ、唇をきつく嚙《か》んだ。

「おそらく、鬼のせいです――」

しばらくの沈黙のあと、隆盛が静かに言った。

――鬼？

隆盛は鬼と言ったか？　鬼とは、妖怪の鬼のことか？　そもそも、どうして小僧が破落戸に襲われることが、鬼に関わりがあるのだ？

「何か訳がありそうだな。事と次第によっては、微力ながら助太刀致すぞ」

才谷が腕を組みながら、ずいっと前に歩み出る。

円心を助けたことからも分かる通り、才谷は人情に厚い人物なのだろう。

「それは、大変心強いです。しかし、心に巣食ったものを、取り払うのは、容易ではありません」

「どういうことだ？」

訊ねたのは浮雲だった。

一文の得にもならないことに、こうして首を突っ込むのが意外だった。

「少し、長い話になりますが、よろしいですか？」

隆盛がその場にいる面々を順繰りに見ながら訊ねてきた。

「ああ。構わん」

浮雲が即座に答える。

才谷も「時間はある」と賛同する。もちろん、遼太郎も断る理由はなく「はい」と返事をした。

五

「ここだ――」

土方歳三は、〈伊東養生所《いとうようじようしよ》〉という看板の出た建物の前に立った。

土蔵造りの堅牢《けんろう》な建物だが、かなり古いので、漆喰《しつくい》の壁はところどころ剝げ、色もくすんでいた。

「ずいぶん汚ねぇ場所だな」

宗次郎が、口をへの字に曲げながら言った。

「口を慎んで下さい」

歳三は宗次郎を一瞥《いちべつ》しながら、鋭く言う。

宗次郎は、剣の腕は大人をも凌《しの》ぐが、やはりまだ子どもだ。思ったことを、そのまま口にしてしまうところがある。

「何だよ。そんなに強く言わなくてもいいじゃないか」

宗次郎は、不服そうに口を尖らせる。

やはりまだ子どもだ。それは剣士としての弱さに違いないが、宗次郎という人間の好《よ》きところでもある。

歳三は苦笑いを浮かべつつ宗次郎から目を離すと、戸口に向かって「ごめん下さい」と声をかけた。

返事はなかったが、中には人のいる気配がある。歳三は、改めて声をかけてから戸を開けた。

それと同時に、むわっと噎《む》せ返るような臭いがした。薬草と、血の入り混じった臭いだ。

「臭ぇ」

宗次郎が袖で鼻を押さえる。

「声が大きいですよ」

歳三は、宗次郎を肘で小突いた。

魚屋が生臭くなるように、町医者に血肉の臭いが付いてしまうのは、致し方のないことだ。

「騒がしい。今は手が離せん。後にしろ」

部屋の奥から、嗄《しゃが》れた声が聞こえてきた。

突き放すような言いようだが、別に機嫌が悪いわけではない。この養生所の主《あるじ》は、いつ何時《なんどき》、誰に対しても、このような態度だ。

歳三は、かれこれ三年ほどの付き合いになるが、笑っているところを一度たりとも見たことがない。

「玄宗《げんしゆう》先生。私です。土方です」

歳三が声を張ると、ようやく奥から、煙管《キセル》をくわえた男が姿を現わした。

もう五十を超えているが、年齢を感じさせないがっちりとした体軀《たいく》をしている。眉間に皺を寄せ、いかにも偏屈そうな顔立ちをしている。中身も、見た目通りで間違いない。こだわりが強く、相手が誰であれ、決して自分の考えを曲げない頑固さもある。

だが、歳三は、玄宗のそうしたところが嫌いではなかった。

「何だ。多摩《たま》のバラガキか」

玄宗は口の端から、白い煙を吐き出しながら言った。

「ご無沙汰しています」

「薬は間に合っている。仮になかったとしても、お前のようなバラガキからは、買わんぞ」

そう言いながら、玄宗は煙管の灰を土間に落とした。

こういう態度を見ても、嫌われたとは思わない。玄宗は、気に入らない者とは、そもそも言葉を交わさない。こうして話してくれているということは、悪くは思われていないということだ。

「分かっていますよ。今日は、近くまで来たので、様子を見に寄っただけです」

歳三が言うと、玄宗は不貞腐れたように口を曲げる。

「阿呆《あほう》が。お前なんぞに心配されるほど、耄碌《もうろく》しちゃいねぇよ」

ぶつくさ文句を言いながら、玄宗は土間から部屋に上がると、囲炉裏の前に、どっかと腰を下ろした。

口には出さないが、まあ座れということだ。

歳三は草鞋《わらじ》を脱いで部屋に上がると、部屋の隅にある大きな鉄の箱の前に座った。宗次郎も、文句を言いながらも、歳三の隣に腰を下ろす。

鉄の箱の上では、香が焚《た》かれていたが、腐臭と混じって噎せ返るような臭いになってしまっている。

「そのちっこいのは誰だ？」

玄宗が煙管で宗次郎を指し示す。

「ちっこいって何だ！　おれは、こう見えても天然理心流の……」

「剣の腕が立つことは、身体を見れば分かる」

言い返そうとした宗次郎を、玄宗がぴしゃりと制する。

「へ？」

「立ち姿。筋肉の付き方。それから、目の動き。そういうものを見ていれば、どの程度の剣の腕かは、いちいち言われんでも分かると言っているんだ」

さすがによく見ている。

以前、玄宗は医者の善し悪《よあ》しは、いかに観察できるかで決まると言っていたが、そういう意味で、玄宗は名医なのだろう。

「だったら……」

「お前さんが腕が立つのは認める。だが、剣の腕が立とうが、立つまいが、ちっこいことに変わりはなかろう」

玄宗がそう続けると、宗次郎が「むっ」と唸《うな》る。言い返そうとしたが、何も思い浮かばなかったのだろう。

歳三が、思わず笑い声を上げると、「何で土方さんが笑うんだ」と宗次郎が口を尖らせる。

流石の宗次郎も、玄宗にかかっては形無しだ。

「この童は、宗次郎といいます。近藤の門下の者ですよ」

「近藤ねぇ。あいつは、元気にやってんのか？」

「ええ。元気過ぎるくらいです」

歳三が答えると、玄宗は舌打ちをする。

「あれは、無理をし過ぎるところがある。お前さんが、ちゃんと見てやれよ」

玄宗が煙管に刻み煙草を詰めながら言う。

「私の言葉など、聞きはしませんよ」

「何を言ってやがる。あいつは、お前以外の言葉を聞かん。そういう男だ」

やはりよく見ている。

玄宗が近藤に会ったのは、一度だけだが、それでもその性質を見抜いている。ただ、玄宗も近藤のことを言えた義理ではない。

没頭すると周りが見えなくなり、真っ直ぐ突き進んでしまうのは、玄宗も近藤も同じだ。だから、こうして時々、様子を見に来ているのだ。

「玄宗先生は、お変わりありませんか？」

「見りゃ分かるだろ」

「そうですね。変わらずお元気そうです」

「何度も言わせるな。お前なんぞに心配されるほど、老いぼれてねぇよ」

「もちろん分かっています。しかし、物騒な世の中ですから。ここに来る途中でも、神社で骸《むくろ》を見ました」

歳三が言うと、玄宗はぐいっと左の眉を上げ、「ああ。あれか」と呟くように言った。

もう、玄宗の耳にも入っているようだ。

もしかしたら、何か知っているのかもしれない。

「村人たちは、鬼にやられたなどと言っていましたが、本当なのですか？」

首を斬り取られた上に、腸を引き摺り出された無残な有様から、村人たちは、鬼の仕業だと決めつけていた。

そういう考えになるのも、分からないでもないが、何か別の訳があるような気がしていた。

「このところ、鬼に喰い殺されたって死体を幾つも見てきた」

玄宗は、囲炉裏の火で刻み煙草に火を点《つ》けると、すぱっと紫煙を吐き出した。

「幾つも？」

「ああ。最初は、半年ほど前だ。もう五体目くらいだろうな」

「そんなに……」

「そうだ。全部子どもだ」

「全てあのような状態だったのですか？」

「骸の状況はそれぞれだ。腕が切断されていたり、腰から下がなかったり。心の臓が取り出されていたり、いずれにしても、惨たらしいものであることに違いはない」

玄宗の顔が歪んだ。まるで、痛みを堪《こら》えているような顔つきだった。そこには、強い怒りが渦巻いているように思えた。

「どうして、子どもばかりが……」

「鬼の考えていることなんざ、おれには分からん」

「玄宗先生も、鬼の仕業だとお考えですか？」

歳三が訊ねると、玄宗は天井を見上げて、ふうっと長い息を吐いた。

「世の中に、本当に鬼がいるかどうかなんて、おれには分からん。だが、あんな風に無残に子どもを手にかけるのが、人の仕業だとは思いたくない」

確かにそうかもしれない。

「鬼が相手ってのも、面白そうだな」

宗次郎が無邪気な声を上げた。

どうやら鬼との手合わせを望んでいるらしい。強い相手とやり合いたいという欲求を、抑えきれないといった感じだ。

「止めておけ」

玄宗が、ため息と共に紫煙を吐き出した。

「何でだ？」

むきになる宗次郎を見て、玄宗は力なく首を左右に振った。

「もう、子どもが死ぬのは見たくない」

「おれはもう子どもじゃない。それに、おれが、鬼に負けると思ってんのか？」

宗次郎は、立ち上がり胸を張る。

玄宗は、そんな宗次郎を、ぎろりと睨んだ。

「勝ち負けの話じゃない」

「だけど……」

「くどい！」

玄宗が怒声を響かせる。

あまりの迫力に、百戦錬磨の宗次郎の身体が強張った。玄宗のこの怒りようは、尋常ではない。

「何かあったのですか？」

歳三が訊ねると、玄宗は苛立《いらだ》たしげに自分の頭を掻いたあと、一口、二口と煙管を吸った。

そのまま、何も答えないのではないか――そう思ったところで、玄宗が口を開いた。

「おれも孫を鬼に喰われた。おまけに娘は、そのことを気に病んで首を吊った」

静かに言った玄宗の目は、涙で満ちていた。

六

「鬼のせいとは、どういうことだ？」

寺務所にある座敷に通され、腰を落ち着けたところで、浮雲が切り出した。

隆盛は、小僧の円心が破落戸に襲われたのは、鬼のせいだと語った。なぜ、そんな話になるのか、遼太郎も興味をそそられた。

「何から話したらいいのか……」

隆盛は、思案するように視線を漂わせたあと、一つ頷いてから話を始めた。

「この寺は、滝川寺といいまして、山岳修行者が、滝壺《たきつぼ》から薬師如来を拾い上げ、それを安置するために一堂を建てたのが始まりだと言われています」

「薬師如来というのは、滝壺に落ちているものなのか？」

才谷が、腕組みをしながら真顔で言う。

「そういう伝承ってだけで、本当に拾ったわけじゃないさ」

浮雲が言うと、才谷は「それもそうか」と納得してうんうんと頷く。

さっき、遼太郎にかけた言葉といい、才谷は純粋な男なのだろう。だからこそ、他人を惹《ひ》きつけるのかもしれない。

「滝川寺では、古くから鬼祭りが執り行われています」

「節分のようなものか？」

才谷が訊ねると、隆盛は「いいえ」と首を左右に振った。

「それとは違います。滝川寺では、祖父面《じじめん》、祖母面《ばばめん》、孫面という鬼の面を被った者たちが、鉞《まさかり》、撞木《しゅもく》、鏡餅といった道具を手にして、炎と共に舞い踊るのです」

隆盛が、恍惚《こうこつ》としたように目を細めた。

「確かに節分で、鬼は踊らんな。なかなか変わった祭りだな」

才谷が感心したように頷く。

「違いはそれだけじゃない。鬼が持っている道具からも、違いがよく分かる」

浮雲が言った。

「道具？」

「ああ。鬼が手にしている道具は、依代《よりしろ》や太陽を意味するものだ」

「言われてみれば、そうだな。鬼が、そうした道具を持っているのは、確かに変わっている」

「変わっているなんてもんじゃねぇよ。——真逆なのさ」

浮雲は、あくびを嚙み殺しながら言う。

才谷はどういう意味なのか分からないらしく、眉間にむっと皺が寄る。

「こちらのお方が仰《おつしや》った通りでございます。滝川寺では、鬼は邪《よこしま》なものではなく、逆に邪鬼を祓《はら》う者として考えられているのです」

隆盛が、小さく笑みを浮かべながら言った。

その話を聞きながら、遼太郎は、そういう話をどこかで耳にしたことがあるのを思い出した。

滝川寺に限らず、鬼を祀る神社仏閣は幾つかあったはずだ。場所が変われば、忌むべき対象は変わる。

「ほう。そういう考えもあるのか。面白いな」

才谷が、感心したようにうんうんと頷いたが、すぐにはっとした顔をする。

「だが、そうなると、余計に分からん。鬼を祀っていることと、鬼のせいで円心が襲われたことは、どう関係してくるんだ？」

口にこそ出さなかったが、遼太郎も同じことを考えていた。

「先ほど、祭りの際に、祖父面、祖母面、孫面と呼ばれる鬼の面を被るという話をしたと思いますが、不自然なことがあるのに、お気付きになりませんか？」

隆盛は、そう言うと小さく笑みを浮かべる。

「祖父面、祖母面、孫面があるのに、間にあるはずの父面と母面がありません」

遼太郎が口にすると、才谷が「おお、確かに」と手を打った。

「その通りでございます。祖父、祖母、孫がいるにもかかわらず、父と母がいないのです」

「何か訳があるのか？」

隆盛の言葉に重ねるように、才谷が訊ねた。

「はい。かつては、父面、母面も存在したと言われています。しかし、現在は、ありません」

「紛失したのか？」

「いえ。鬼の面を被るには、幾つかの戒律があります。まず、七日間斎戒沐浴《もくよく》して、別室で起居しなければなりません。それと、四足動物の肉を食べてはいけません。当然、女人《にょにん》との接触は禁止です」

「浮雲には、ちと厳しい戒律だな」

才谷が冗談めかして言う。

「女人との接触を禁じられるなんて、死んだも同然だな」

浮雲は、同意して大口を開けて笑った。

「そんなに女が好きか？」

「当たり前だ。男とは、皆そういうものだろ」

「別に、そういう人ばかりではないと思いますけど……」

言うつもりはなかったが、遼太郎はうっかり口を滑らせてしまった。

浮雲と才谷が、同時に遼太郎の方を見た。

「お前は男色《だんしょく》なのか？」

浮雲が、墨で描かれた両眼で遼太郎を睨《ね》め付ける。

「いえ。私のことではなく、そういう人もいるという話です」

戦国時代の武将は、男色がたしなみとされ、小姓《こしょう》を連れていたというし、寺の僧侶も女人禁制であるが故に、男に走るという話を聞いたことがある。

誰もが、浮雲のように女の尻を追いかけ回しているわけではない。

「話を戻してもよろしいですか？」

隆盛が口を挟む。

思わぬところで話が逸れてしまっていた。遼太郎は、慌てて口を噤《つぐ》む。浮雲と才谷も、黙って先を促した。

「──ある時、二人の僧侶が滝川寺を訪れました。この二人は、滝川寺の鬼祭りの話を聞いて大層面白がり、自分たちも鬼の面を被って祭りに参加したいと申し出ました。当時の住職は、それを受けたのですが、二人は戒律を守ることなく、父面と母面を被ってしまったのです」

隆盛が、すっと目を細める。

たったそれだけで、重苦しい空気が部屋の中に蔓延《まんえん》していくようだった。ただ一人、浮雲だけが、気怠《けだる》そうに瓢《ひさご》の酒を盃《さかずき》に注ぎ、ちびちびと呑んでいる。

「それで、どうなった？」

ずいっと才谷が身を乗り出し訊ねる。

目を輝かせて、まるで子どものようだ。好奇心が旺盛な質なのだろう。

「旅の僧侶が被った鬼の面が、外れなくなってしまったのです」

「何と！」

才谷が、大仰に驚いた。

「どうにかして外そうとして、色々と試したのですが、駄目だったようです。力任せに無理に外そうとすると、痛みを感じるらしく、悲鳴を上げてのたうち回ったそうです。まるで、顔と面とが一体となってしまったかのように……」

――何と恐ろしい。

想像しただけで、身震いするほどなのに、実際に、外せなくなった僧侶たちが味わった恐怖は、並大抵のものではないだろう。

「やがて、その僧侶たちは、鬼の面を着けたまま、彷徨《さまよ》い歩くようになりました。それだけなら良かったのですが、彼らは終《つい》には――」

隆盛は、そこで一旦言葉を止めると、その場にいる面々をじっくりと見回した。

ほんの一瞬だったはずだが、遼太郎には、酷く長く感じられた。堪らず、先を促そうとしたところで、隆盛が言葉を発する。

「人を――喰うようになったのです」

あまりのことに、遼太郎は言葉を発することができなかった。

「人を喰うだと?」

才谷が青い顔で、絞り出すように言う。

「ええ。人を攫って、その肉を喰うようになったのです。当時の住職と村人たちは困り果てました。思案した結果、やむなく鬼の面を被った二人を山に誘《おび》き出し、これを討ったのです……」

「鬼を退治したわけだな」

才谷が腕組みをして、納得したように、うんうんと頷く。

だが、遼太郎には、それで一件落着とは思えなかった。

「鬼の面はどうなったのですか？」

遼太郎は訊ねる。

さっき隆盛は、父面と母面の二つを失ったと言っていた。鬼を討ったのであれば、鬼の面は取り戻せたはずだ。

隆盛が、目だけを動かして遼太郎を見た。

光の加減なのだろうが、その目が妖しく光っているように見えた。

「二人を討ったあと、鬼の面を外そうとしたのですが、どうしても、それができなかったそうです。首を斬り落としたりしたようですが、それでも外すことができない。顔の皮膚と鬼の面が、完全に一体となってしまっていたのです。まるで、元々の顔がそうであったかのように——」

「…………」

遼太郎は、言葉を返すことができず、喉を鳴らして唾を呑み込んだ。

鬼の面を被ったことで、鬼と化してしまったとでもいうのだろうか？　そんなことはあり得ない。いや、本当にそうだと言い切れるだろうか？

「いつまで関係のねぇ話をしてんだ？　全然、説明になってねぇぞ」

浮雲が、眠そうにあくびをしたあと、ボサボサの髪をぐしゃぐしゃと掻き回しながら言う。

——確かにそうだ。

鬼面にまつわる伝承に引き込まれ、見失っていたが、訊ねたかったのは、なぜ、円心が破落戸に拐かされそうになったか——だ。

「いえ。これは、関わりのあることです」

隆盛が静かに言った。

「だったら、さっさと話せ。回りくどくて、聞いていられん」

浮雲が、蠅《はえ》でも追い払うようにひらひらと手を振る。

無礼な態度ではあったが、隆盛は気を悪くした様子もなく、小さく頷いてから話を続ける。

「結局、鬼面を外すことができず、仕方なく、旅の僧侶たちの骸は、そのまま埋葬することになりました。二人を供養するための塚も立てました。鬼塚《おにつか》と呼ばれています。境内に大きな石があったのはご覧になりましたか？」

「あっ！」

遼太郎は、境内の外れにあった石碑のことを思い出した。盲目の女が、手を合わせていた場所だ。

目が見えないから、見当違いのところで合掌していると思っていたが、そうではなかったのかもしれない。

「その一件から、長い年月何も起きませんでした。しかし、半年ほど前に、あの塚を掘り起こしたような跡ができていたのです」

「掘り起こした跡ですか？」

「はい。誰かが掘り起こしたのか、それとも、埋葬されていた僧侶たちが、息を吹き返して、自分で外に這《は》い出て来たのかは定かではありません」

「どちらにしても、恐ろしいな……」

才谷の顔が険しくなる。

「いえ。恐ろしいのは、ここからでございます。それからしばらくして、村で子どもが何者かに殺されるという出来事が起きました。その子どもは、首を斬られた上に、四肢を切断され、さらには腸を全部喰われたらしく、身体の中身が空っぽだったそうです」

「酷い……」

遼太郎は、腹の底にむかつきを覚えながら言った。

「しかも、鬼に喰われたのは、一人に留まりませんでした。それから、何人もの子どもが、同じような目に遭い命を落とすようになりました。そのうち、村では鬼塚から這い出て来た鬼が、村の子どもを喰っているという噂《うわさ》が立つようになりました」

ここまで聞けば、どうして円心が拐かされそうになったのか、その訳が見えて来る。

「つまり、村人たちは、今になって鬼が現われるようになったのは、この寺のせいだと考えたということですか？」

遼太郎が言うと、隆盛はがっくりと肩を落としながら頷いた。

「今日も神社で鬼に喰われた死体が見つかったそうです。何でも、首と腸だけが現場に残され、他は全部鬼に喰われたのだとか……」

「何と……」

だから、この寺の小僧である円心は、因縁をつけられ、破落戸に拐かさそうになったのか――。

納得するのと同時に、憤りを覚えた。

それでは、あまりに理不尽だ。昔の伝承を真に受けたにしても、円心を拐かしたところで、何の解決にもならない。

「それは、ただの憂さ晴らしです」

遼太郎が感情に任せて口にすると、浮雲がそれをふっと嘲笑った。

「そういうもんだ」

「え？」

「人ってのは、常に誰かのせいにしたがるのさ。自分の身の上に起きた不幸を、他人に擦《なす》り付けたいんだ。相手は、誰だっていい。そうやって憂さを晴らすことで、自分の気持ちを鎮めているんだ」

浮雲の言葉は、これまで感じたことのないほど重く、その癖、空虚な響を持っていた。

赤い両眼を持つ浮雲は、過去に誰かの憂さ晴らしの的になったことがあるのかもしれない。その苦しみを思うと、遼太郎は呼吸もままならなくなった。

「そんな顔をすんな」

浮雲に、頭を小突かれた。

「いや、でも……」

浮雲は、遼太郎の言葉を遮るように隆盛に顔を向ける。

「要は、村に出る鬼をとっ捕まえれば、寺への嫌がらせはなくなるってわけだな」

「おそらくは」

「いいだろう。力を貸してやらんでもない」

浮雲が金剛杖を担いで立ち上がる。

こんな風に、浮雲から進んで力を貸すというのは珍しいことだ。理不尽な仕打ちに、同情したのかもしれない。

「ただし——相応の報酬は貰《もら》うことになるが、構わないな？」

浮雲は、そう言って、にやっと口許に笑みを浮かべた。

期待した自分が馬鹿らしい。

浮雲のような男が、只《ただ》で何かをするはずなどなかった——。

七

「こんな襤褸《ぼろ》い宿に泊まるのか？」

歳三の隣に立つ宗次郎が、鶴亀屋の建物を見上げながら不満を言った。

「滅多なことを言うものではありません」

歳三は、ため息交じりに窘める。

宗次郎は思ったことをそのまま口に出してしまう悪癖がある。ただ、建物が襤褸であることは事実だ。

しかし、それは建物が古いだけで、決して汚れているわけではない。掃除が行き届いているし、もてなしも丁寧だ。何より宿賃が安い。馴染みということもあり、色々と融通が利くというのも利点だ。

歳三は、「ごめん下さい」と鶴亀屋の戸を開けた。

中に入って、「おや？」と思う。

いつもは、すぐに亭主の喜三郎《きさぶろう》なり、女房のお常《つね》が、威勢よく出迎えてくれるはずなのに、帳場はしんと静まり返っていた。

見回してみたが、人の姿が見当たらない。留守にしているのだろうか？

「潰れちまったんじゃねぇの？　襤褸いし」

宗次郎が眉を顰める。

「口を慎め」

叱責しながらも、歳三も妙だと感じていた。

まるで空き家のように、じめじめと湿気を帯びた空気が沈殿している。

「ごめん下さい」

歳三が、さっきより声を張ると、ようやく足音がして、奥から亭主の喜三郎が姿を現わした。

○6○

その顔を見て、歳三は思わずぎょっとなる。

歳三の記憶している喜三郎は、丸顔で、恰幅がよく、細い目をなお細めながら、いつもにこにことしていて、恵比寿《えびす》様のようだった。

だが、目の前にいる喜三郎は、生気を吸われてしまったかのように、青白い顔をしていて、かなり痩せたのか、目が落ち窪《くぼ》んでいて、身体つきも、一回り小さくなったように見える。

「ああ。歳さんですか。ようこそ」

喜三郎は、笑みを浮かべてみせたが、無理に作られたものであることが、ありありと分かった。

「私の連れが、ここに来ていると思うのですが」

歳三は、喜三郎の変わりように戸惑いながらも、まずは先に宿に着いているであろう浮雲たちについて訊ねた。

「ああ。それでしたら、言伝を預かっています。故あって、滝川寺にいるそうです」

「何で寺なんかに行ったんだ？」

宗次郎が不機嫌に言う。

故というのは、何か厄介事に巻き込まれたに違いない。つくづく、浮雲という男は、何かを引き寄せてしまうようだ。いや、浮雲だけではない。遼太郎も似たような質だった。

「とにかく、さっさとその何とか寺に行こうぜ」

歳三は、早々に鶴亀屋を立ち去ろうとした宗次郎を引き留めた。

「何だよ」

「そう急《せ》くな。少し待て」

歳三は、そう言うと喜三郎に向き直った。

喜三郎の変わりようは、尋常ではない。何かあったに違いない。何度も世話になっている。このまま捨て置くことはできない。

「喜三郎さん。体調がよろしくないようですが大丈夫ですか？」

歳三が訊ねると、喜三郎は目を細めながら苦笑いを浮かべた。

「ええ。身体は問題ありません」

「そうですか。しかし、いつもと様子が違います。何かあったのですか？」

歳三が訊ねたのだが、喜三郎は聞こえていないのか、虚ろな目をしたまま、ずっとそこに立っている。

――やはりおかしい。

考えを巡らせた歳三は、一つの違和に気付いた。

喜三郎は、女房のお常と一緒に旅籠を切り盛りしていたはずだが、そのお常の姿が見えない。

それだけではない。二人の間には、留吉という子どもがいたはずだ。だが、その留吉の姿もない。

「お常さんと、留吉は、出かけているのですか？」

歳三が訊ねたとたん、喜三郎はへたるように、その場に座り込んでしまった。

「留吉は、もうおりません……」

喜三郎は、絞り出すように言う。

「何かあったのですか？」

歳三が、屈《かが》み込みながら訊ねると、喜三郎は涙でぐしゃぐしゃになった顔を上げた。

「留吉は死にました……」

喜三郎の声が、虚《むな》しく響いた。

──死んだ？

「流行病《はやりやまい》か何かですか？」

喜三郎は、ふるふると首を左右に振る。

「く、喰われたのです……」

そう言ったあと、喜三郎は身体を丸めるようにして、わんわんと泣き始めてしまった。

こうなってしまっては、無理に訊き出すのは難しい。

歳三は、喜三郎の背中をさすりながら、気持ちが落ち着くのを待った。

宗次郎も、ただならぬ様子を察したらしく、不満そうな顔をしながらも、余計な口を挟むことはなかった。

どれくらいの刻《とき》が経《た》っただろう。

泣いたことで、幾分、落ち着きを取り戻したらしく、喜三郎が袂《たもと》でごしごしと涙を拭いながら立ち上がった。

「お見苦しいところを……本当に申し訳ございません」

「気にしないで下さい。それより、詳しく話を聞かせて頂けますか？」

歳三が訊ねると、喜三郎が赤く腫れた目を向けてきた。

「一月ほど前に、お常が留吉を使いに出したんです。大したことではありません。ただ、隣村まで届け物に行っただけです。でも、留吉は戻って来なかった……」

「戻って来なかった？」

「留吉は、神社の近くの川原で見つかりました」

「川で……」

「鬼に喰い殺されたのです。それは、惨い有様でした。斬り落とされた首が、転がっていました。おまけに、胸が裂かれていて、中にあった心の臓が抜き取られていたんです」

「何と……」

神社で見た死体も、鬼に喰われたという話だった。

あの死体は、首と腸だけが残されていたが、留吉は、逆に心の臓を持ち去られたということか
――。

「その無残な様を見て、お常は正気を失ってしまったんです……」

「それで、お常さんはどこに？」

「死にました。どんどん痩せ細っていって、そのまま衰弱して……」

「喜三郎さん」

「おれは、子どもと女房とを続けて亡くしたんです。何にもなくなっちまった。もう、何もかもが、どうでもよくなっちまって……」

喜三郎が、いかに家族を大事にしていたかは、これまでの付き合いでよく分かっている。それを失ってしまったのだ。気力がなくなるのも致し方ない。

ついさっき会った、玄宗の顔が頭に浮かんだ。

玄宗もまた、孫を失い、悲嘆に暮れていた。大切な誰かを失うというのは、人の中にある熱を奪ってしまうのかもしれない。

大切な者がいない歳三には、分からない気持ちだ。

「それは、さぞ辛《つら》かったでしょう」

歳三は分かったふりをしながら、喜三郎に声をかける。

「そうです。辛いです。我慢ならない。でも、それはおれ自身に対してです」

喜三郎の目の色が変わった。

「どういうことですか？」

「おれは、留吉の仇討《あだう》ち一つできないんです。もし、仇討ちができたなら、お常も死んだりしなかった」

喜三郎の目に浮かぶ涙の中に、僅かだが赤い炎が燃えているような気がした。

「仇討ちをしたい——と？」

「できるなら、そうしたい」

喜三郎の憤怒に満ちた眼差しを受け止めながら、歳三は腹の底で、黒く、ぬらぬらとした何かが蠢《うごめ》くのを感じた。

八

遼太郎は、思わずため息を吐いた。

さっき、意気揚々と鬼をとっ捕まえると言ったはずの浮雲は、腕を枕にして畳に横になり、器用に盃で酒を呑んでいる。

言葉と行動がまったく伴っていない。

ひと言、言ってやろうかと思ったところで、才谷に声をかけられた。

「おんしは、どう思う?」

酒を呑んでいるのは、浮雲だけではない。才谷も、寝転がりはしていないが、さっきからだいぶ酒を呷《あお》っている。

そのせいか、呂律《ろれつ》がかなり怪しい。郷土の訛《なま》りが出ているのも、そのせいだろう。

「えっと……何の話でしょうか?」

「だからさ。開国の話だよ。おんしは、国を開くべきだと思うか?」

てっきり鬼の話かと思ったが違ったようだ。

黒船の来航以来、挨拶のように、そこかしこで同じ話題が持ち上がっている。幕府はもちろんだが、民衆の間でも、意見は二分している。それぞれに言い分があり、どちらも正しいように思える。

ただ、議論をぶつけ合っているだけなら良いのだが、軋轢《あつれき》を飛び越して対立を生み、斬り合いにまで発展している。

だからこそ、滅多なことは言えない。まして、遼太郎は徳川家の人間なのだ。

——あれ？

遼太郎は、自分の考えに違和感を覚える。

徳川家の人間であるというしがらみから逃げ出したくて、こうして流浪《るろう》の旅をしているというのに、自分の立場を考えて発言を控えるというのは、何とも滑稽だ。

「あの……。それより、鬼退治の方は良いのですか？」

遼太郎は、話を逸らす意味も込めて訊ねた。

「鬼が出なきゃ退治もクソもねぇ」

「それは、そうなのですが……あの、さっきの隆盛和尚の話は、本当なのでしょうか？」

「どの話だ？」

「鬼の面を被った者が、正気を失って人を喰うようになったという話です」

遼太郎が言うと、才谷が「それは、おれも興味がある」と前のめりになった。

「まあ、あり得る話だ」

浮雲は、ぼさぼさの髪を掻き回すようにしながら、気怠げに言った。

「そ、そうなんですか？」

「といっても、鬼の面に特別な力があるというわけではない」

「どういうことですか？」

「鬼の面を被った二人の僧侶が、何者かの幽霊に憑依《ひょうい》され、我を失って人を襲ったということは、充分に考えられる」

――なるほど。

遼太郎自身、似たような経験をしたことがある。それと同じことが起きたとすれば、筋が通るというわけだ。

ただ、分からないこともある。

「しかし、それだと鬼の面が外れなかったということについて、説明がつかないような気がします」

遼太郎が口にすると、浮雲は小バカにしたように鼻を鳴らして笑った。

「お前は真面目過ぎるんだよ。もうちょっと肩の力を抜け」

「抜いています」

「いいや。抜いていないね。何でもかんでも、真面目に考えて、全部背負《しょ》い込もうとする。だが、お前が背負わなければならないものは、一人では、どうにもならんほど大きいんだよ」

浮雲の言葉は、単に鬼退治のことだけを指しているわけではない。それが、分かってしまったからこそ、胸がずんっと重くなったような気がした。

遼太郎が、背負っているものは、一人では手に負えないほど重いものだ。だからこそ、さっきも才谷の問いに答えることができなかった。

一人で抱えてしまったが故に、遼太郎は重圧に耐えきれず、こうして逃げるという選択をした。

浮雲の言うように、もっといい加減な気持ちでいてもいいのかもしれない。

ただ、言われてすぐに、その通りにできるようなものでもない。それができれば、そもそも逃げたりしないのだ。

「話が逸れているぞ」

才谷が口を挟むと、浮雲は「そうだったな」と身体を起こした。

「つまり、おれが言いたいのは、隆盛が語った伝承を鵜呑《うの》みにするなってことだ。ああいう話には、尾ひれがつくものだ」

「ああ」

そういうことかと遼太郎も納得する。

隆盛は自分で見たことを語ったわけではない。あくまで伝承だ。そういったものは、語り継がれる中で誇張されていくものだ。全てを真実として受け止める必要はないということだろう。

話が一段落したところで、襖《ふすま》がすっと開き、小僧の円心が顔を出した。

「食事の支度ができたので、お持ちしました」

円心は、丁寧に言いながら、盆に載せた料理を手際よく運び入れる。

「何だ。肉はねぇのか」

浮雲は、並んでいる料理を見て舌打ちをする。

「当たり前です。寺なのですから」

遼太郎は、呆《あき》れてまた、ため息を吐いた。

寺で肉や魚の料理を供されたのでは、逆に信心を疑う。

「申し訳ありません。しかし、茸《きのこ》などはとても美味しいですよ。近くに住んでいる、お雪《ゆき》さんが、持って来て下さったのです」

円心は、笑みを浮かべる。

「そうなのですか」

「はい。お雪さんは、祖父の平三《へいぞう》さんと一緒に住んでいて、山菜などをときどき、持って来て下さるのです」

「もしかして、お雪さんというのは、先ほど、境内にいた方ですか？」

遼太郎は、鬼塚の前に立っていた女のことを思い出した。

「そうです。あれがお雪さんです」

そう語る円心の顔は、とても嬉しそうだ。

もしかしたら、お雪に淡い想いを寄せているのかもしれない。だが、その想いは、円心が寺にいるうちは、決して叶《かな》えられない。

信仰か女か――という選択を迫られたとき、円心はいったいどうするのだろう？

いや。そんなことは、遼太郎が気にかけることではない。そもそも、遼太郎は自分の身の振り方すら定まっていない。

他人のことを心配している場合ではないのだ。

「おい。小僧。お前に一つ訊きたいことがある」

浮雲が立ち去ろうとした円心を呼び止めた。

両眼を覆う布に描かれた墨の眼が円心を搦《から》め捕る。

「な、何でございましょう」

円心は、その勢いに気圧《けお》されたのか、口籠もりながら応じる。

「お前は鬼を見たことがあるのか？」

浮雲の問いに、円心はすぐには答えなかった。

落ち着きなく左右に揺れる瞳からして、答えを探しているというより、口にすべきかどうか、迷っているといった感じだ。

「いえ。ありません」

円心は首を左右に振った。

その態度に不審な点はないように見えたが、浮雲は何かを感じたらしく、円心の背後にある襖の方を見やりながら、にっと口角を吊り上げて笑った。

「そうか。もう一つ、訊きたいことがある」

「何でしょう？」

「この寺にいる小僧は、お前だけなのか？」

「どういう意味でしょうか？」

「言葉のままだ。寺の広さから考えて、小僧がお前一人というのが、どうにも解せん。他にも、小僧がいるのではないか？」

　確かに浮雲の考えも一理ある。小僧一人でやり繰りするには、この寺は大き過ぎる。

「そのような……」

「誤魔化しても無駄だ。本堂の脇にあった蔵に、誰か隠しているんじゃねぇのか？」

　本堂の脇に蔵があったのは、遼太郎も覚えている。

　だが、浮雲は、どうしてあの中に誰かを隠していると思ったのだろう？　遼太郎が、その問いを投げかけると、浮雲は得意そうに尖った顎を撫でた。

「おれたちが、この寺に来たとき、隆盛は蔵から茶碗の載った盆を持って出て来ただろ」

「持っていたような気もします。でも、蔵に仕舞ってあった茶碗と盆を、持ち出しただけではありませんか？」

「違うね。あの茶碗は、今、使い終わったみたいに汚れていた。それだけじゃない。蔵からは灯りが漏れていた。中で行灯《あんどん》を灯《とも》しているってことだ。隆盛は、それなのに扉を閉めて鍵をかけた。おかしいだろ？」

「そうですね……」

　遼太郎が頷きながら目を向けると、円心は真っ青な顔で俯《うつむ》いていた。

「どうした？　答えないのか？」

　浮雲が詰め寄る。

　その迫力に気圧されたのか、円心の顔は益々《ますます》青くなっていく。

「仰る通りでございます」

観念したのか、円心が消え入るような声で言った。

「ふむ。で、あの蔵の中には、いったい誰を閉じ込めているんだ？」

浮雲が腕組みをしながら、さらに問いを重ねる。

「兄弟子の弘真《こうしん》でございます」

「なぜ、蔵なんかに閉じ込めている？　悪さをして、折檻《せっかん》でもされているのか？」

「悪さには変わりないのですが……弘真は、鬼になっているのです」

「鬼？」

またしても飛び出してきた、「鬼」という言葉に、遼太郎は思わず声を上げた。

才谷も、驚いた顔をしているが、浮雲だけは、その答えを予測していたのか、薄い笑みを浮かべたまま先を促す。

「隆盛和尚が仰っていたように、この寺には元々、五つの鬼の面がありました。祖父面、祖母面、父面、母面、孫面です」

「父面と母面は、旅の僧侶が被ってしまい、今は失われているのですよね」

遼太郎が言うと、円心はこくりと頷いた。

「弘真は、蔵の掃除をしているときに、保管してあった鬼の面を見つけました。そして、旅の僧侶と同じように、戒めを守ることなく、孫面を被ってしまったのです」

円心の言葉が、辺りの空気をより一層、冷たくした気がした。

「それで、どうなったのですか？」

遼太郎は、息苦しさを覚えながらも訊ねる。

「面が、外せなくなってしまいました」

「何だって？」

才谷が大きな声を上げながら立ち上がった。

驚きは遼太郎も同じだった。さっき、浮雲は面が外せなくなったのは、伝承により話に尾ひれが付いたからだと言っていた。遼太郎も、それで納得したのだが、どうやらそうではなかったらしい。

浮雲に目を向けると、さすがにこれには苦笑いを浮かべている。

「隆盛和尚と、何とか弘真の面を外そうとしたのですが、どうやっても面を外すことができませんでした。それだけならよかったのですが、ほどなくして、弘真は暴れるようになりました」

円心が沈んだ声で言った。

「言うことを、聞いてくれなかったのですか？」

「ええ。いくら呼びかけても、もはや人の言葉が分かっていないかのようでした。弘真は、まるで人の肉を求めるように、私や隆盛和尚に襲いかかってきました」

「…………」

「それで、致し方なく、蔵に牢を造り、その中に弘真を閉じ込めることにしたのです」

そこまで言い終わったところで、円心はがっくりと肩を落とした。

どうすることもできなかった無念が、そこに滲んでいるようだった。

「それは、大変だったな」

才谷が円心を気遣うように、その肩に手を置いた。

円心は、唇を噛んで俯いたまま動かなかった。

「浮雲さん。どうするのですか？」

遼太郎が問うと、浮雲はすっくと立ち上がった。

「どうするも、こうするもねぇ。蔵に鬼を見に行くに決まっているだろ」

「そ、それは困ります。弘真は何をしでかすか分かりません。それに、私が余計なことを喋《しゃべ》ったと知れたら……」

「心配する必要はない。隆盛、聞いているのだろ？」

浮雲が、襖に向かって声をかける。しばらくして、音もなく襖が開き、その向こうに幽鬼のような顔をした隆盛が立っていた。

「どうして、お気付きになられたのですか？」

隆盛が訊ねると、才谷がふっと息を漏らして笑った。

「どうしても何も。気配を消せていなかったぞ」

口ぶりからして、才谷も隆盛が襖の向こうで聞き耳を立てていたことを、気付いていたらしい。

「左様でございますか。ここまで来たら、もはや隠し立てすることもございません。ご案内しますので、どうぞこちらに――」

隆盛は、そう言うと歩き始めた。

無言のまま、互いの顔を見合わせて頷き合うと、皆で隆盛の後を追いかけることになった。

隆盛に連れられて、遼太郎たちは本堂の脇にある蔵の前に足を運んだ――。

蔵の観音開きの扉には、鍵の他に閂《かんぬき》がしてあった。窓には格子がしてあるし、これでは、仮令《たとい》鬼であったとしても、中から出ることはできないだろう。

「お待ち下さい」

隆盛はそう言うと、閂を外し、次いで鍵を解錠すると、ゆっくりと扉を開けにかかる。

ぎぎっと蝶番《ちょうつがい》がいかにも重そうな音を立てる。

扉を開くと、中から生温《なまぬる》い風が流れてきた。遼太郎は、その中に血の臭いを嗅ぎ取った。

浮雲も、それを感じたらしく、鼻をひくつかせる。

「どうぞ――」

隆盛が、蔵の中に入るように促す。

浮雲と才谷は、躊躇《ためら》うことなく蔵の中に足を踏み入れる。遼太郎は、恐さを覚えたものの、ただ突っ立っていても始まらないと、二人の背中を追いかけた。

蔵の中は、行灯の薄明かりに照らされていた。

奥の方で、ガサガサッと何か黒い影のようなものが、動いた気がした。

――何だ？

目を向けると、蔵の隅には、木製の格子で囲われた牢があった。

そして、その中には、膝を抱えるようにして座っている少年の姿が見えた。背格好は、ちょうど円心と同じくらいだ。

襤褸を着て、膝に顔を埋めるようにしていたその少年は、こちらの気配に気付いたのか、ゆっくりと顔を上げた。

その顔は、人のものではなかった。

額に小さな一本角が生えていて、口が耳許まで裂け、逞《たくま》しい下顎から鋭い牙が突き出している。

その顔は、まさに鬼だった――。

「村で人を喰っているのは、コイツではないのか？」

才谷が低い声で言いながら、刀の柄に手をかけた。

酒を呑んでいたときとは気配が違う。酔いを気合いで吹き飛ばしたのか、鬼神の如《ごと》き覇気が伝わってくる。

事と次第によっては、目の前の鬼を斬るつもりなのだろう。

「ち、違います。どうか、刀を収めて下さい」

隆盛が、慌てた様子で才谷と牢との間に割って入った。

「どうして違うと言い切れる？　この者は、鬼の面を被り、鬼になったのだろう？」

「鬼になったのは確かです。しかし、弘真は、それ以来、ずっとこの牢に閉じ込めています。村で人を喰うなんて、できないんです」

「知らぬ間に抜け出したのかもしれんだろ」

「それは無理だな」

緊迫した場の空気に似つかわしくない、浮雲の気怠げな声が響いた。

「どうして無理だと？」

才谷が、鬼となった弘真を視界に捉えたまま問う。

「梅さんも見ただろ。蔵の扉は一箇所だけだ。そこには、鍵だけでなく、閂までしてある。それに、この牢にも南京錠《なんきん》が付いている」

浮雲は、金剛杖で牢の戸に付いている南京錠を指し示しながら言った。

「いや、しかし、隆盛なり円心なりが、開けてやれば済むことだろ」

「仮にそうだとしても、コイツは村で人を喰った鬼じゃない」

「そうだと断言する根拠は何だ？」

「角だよ」

「角？」

「そう。村で鬼を目撃したって奴が言っていたそうだが、人を襲った鬼は、額に二本角が生えていたって話だ。弘真が被っている孫面には角が一本しか生えていない。違う鬼なんだよ」

浮雲の説明に納得したのか、才谷がようやく刀の柄から手を離した。

割って入っていた隆盛は、気丈に振る舞っていたが、実のところは恐かったのだろう。その場に、へなへなと座り込んでしまった。

九

「ここか――」

歳三は、街道から外れた川沿いにある、あばら屋の前に足を運んだ。

久しく空き家となっているらしく、敷地にはすすきが生い茂り、屋根は苔《こけ》に覆われ、柱は傾いでいた。今にも崩れ落ちてしまいそうだ。陽が暮れ始めていることもあり、侘しさが際立っている。

歳三は鶴亀屋の喜三郎の話を聞き、鬼退治を買って出ることにした。

憔悴《しょうすい》し切っている喜三郎に同情したというのもあるが、此度《こたび》の一件に興味が湧いたというのもある。

喜三郎の息子だけでなく、玄宗の孫もまた鬼に喰われたと言っていた。鬼が本当にいるかどうかは別にして、何者かが子どもを殺して歩いているのは事実だ。

事件の真相を暴くことができれば、玄宗にも喜三郎にも、多少なりとも恩を返すことができる。

「本当に、こんなとこに鬼がいるのかよ」

宗次郎が、木刀をぶんぶんと無造作に振り、すすきをなぎ払いながら言う。

「さあ。入ってみないことには、分かりませんね」

歳三は、曖昧に返事をした。

喜三郎が言うには、このあばら屋に鬼が棲《す》んでいるという噂があるらしい。

確かな証《あかし》があるわけではないが、この場所に、鬼らしき者が出入りしているという話が、幾つか上がっているということだった。

疑わしい話ではあるが、それでも、取《と》り敢《あ》えず当たってみないことには始まらない。

「それもそうだな。さっさと鬼を見つけて、とっちめようぜ」

宗次郎が爛々《らんらん》と目を輝かせながら言う。

無邪気に鬼と斬り合うことを、楽しみにしているといった感じだ。

「これは遊びではないんですよ」

歳三は宗次郎を窘めはしたが、自分の心の内にも、同質の感情があることに気付いた。

ただ、歳三のそれは、宗次郎のように純粋に己の力を測りたいという欲求とは異なり、命のやり取りをしているときだけに感じることができる、熱を帯びた黒い感情に身を委ねたいという、歪んだものだった。

――まるで、おれが鬼のようだな。

歳三は、ふとそんなことを思い、自嘲するように笑みを浮かべた。

「何がおかしいんだ？」

宗次郎に訊ねられ、歳三は「何でもない」と応じると、あばら屋の戸に耳を近付ける。中からは何の音も聞こえない。

戸に手をかけると、すんなりと開いた。

これだけ傾いだ家であるにもかかわらず、こうやって戸がガタつくことなく開くということは、誰かが頻繁に出入りしている証でもある。

それに、家の古さに反して、戸だけがやけに頑丈な作りになっている。後から、戸だけ付け替えた感じだ。

ただの噂ではあったが、ここに何かが潜んでいるのは、間違いなさそうだ。

あばら屋の中に入ると、すぐに凄《すさ》まじい臭気に襲われた。

血と腐った肉の混じった噎せ返るような臭い。言うなれば、死の臭いだ。

「臭《く》っせ」

宗次郎が、堪らず声を上げた。

歳三は、提灯を掲げながら、ぐるりと中を見回す。

——臭いの出所はどこだ？

歳三は、土間に置かれた竈《かまど》に引き寄せられた。竈には、鉄製の鍋が載っていた。その蓋を持ち上げると、ぶわっと羽虫が舞い上がった。

それを払い、中を覗き込むと、腐った肉片が詰め込まれていた。やはり、臭いの元は、この鍋の中だったようだ。

「うぇ。ここで、子どもを料理していたのかよ」

宗次郎は、この惨状に吐き気を覚えたらしく、口を押さえて嘔吐《えず》いた。

無理もない。歳三とて気を抜いたら宗次郎の二の舞だ。袖で口許を押さえながら、さらに周囲を検める。

竈の脇にあるまな板には、べったりと血が付着している。よく見れば、柱などにも飛び散っている。

土間の隅に、小さな箱が置いてあるのを見つけた。古く使い込まれた道具箱のようだ。蓋を開けて中を確かめようとしたところで、違和感を覚えて立ち上がる。

いつの間にか、家の中に白い煙が入り込んでいた。

焦げ臭い。

臭気のせいで、煙の臭いに気付くのが遅れた。

提灯から火が移ったということはない。だとすると、何者かがこのあばら屋に火を放ったということになる。

「宗次郎。逃げるぞ」

歳三は、すぐに外へ出ようと戸口に向かったが、表からつっかい棒がされているらしく、開かなかった。

中に閉じ込めて、あばら屋ごと歳三たちを焼き払おうという腹なのだろう。

「開かないなら、壊せばいいだろ」

宗次郎は、言うやいなや、戸に体当たりをする。だが、跳ね返されてしまった。

建物は古いが、触れたときに、頑丈な作りであることは分かっていた。体当たりしたところで、そう易々《やすやす》と壊れるようなものではない。

そうこうしているうちに、煙だけでなく、あちこちから炎が上がり始めた。こうなってしまっては、正面から出るのは難しい。

「裏に回るぞ！」

歳三は提灯を投げ捨て叫ぶ。

「そんなこと言っても火が……」

宗次郎の言うように、裏手に回る道筋にも火の手が上がり始めている。

だが——手がないわけではない。

歳三は、竈の脇にあった瓶を持ち上げると、それを炎に向かって放り投げた。盛大に瓶が割れ、中に入っていた水が飛び散る。

炎がわずかに弱まった。

「来い」

歳三は、その機を逃さず、宗次郎を連れて裏口に回る。

裏口の戸も、つっかい棒がされていて開けることはできなかったが、正面とは違い、粗雑な作りだったので、蹴破ることができた。

歳三と宗次郎が、あばら屋から飛び出すと、程なくして、音を立てて建物が焼け崩れた。

——危ないところだった。

宗次郎に目をやると、四つん這いになって、ゴホゴホと噎せ返っていた。煙を吸い込んでしまったのだろう。

「少し休め」

歳三が声をかけると、宗次郎は「そうする」と掠《かす》れた声で答え、地面の上にごろんと仰向けになった。

宗次郎ばかりを心配してもいられない。歳三もまた、煙を吸い込んだせいで、頭がくらくらする。

すぐには動けそうにない。

その場に座り込んだところで、違和感を覚えた。

頭がくらくらするのは、煙を吸い込んだからだけだろうか？　もっと違う異質のものがある気がした。

それが証に、次第に手足が痺《しび》れてきた。

視界が歪む――。

「火に焼かれていれば、もう少し楽に死ねたのに、愚かですね」

声に引かれて顔を上げると、そこには一人の女が立っていた。

美しくはあるのだが、酷く痩せていて、死人のように青い顔をしている。

それだけでなく、薄汚れた布で左眼を覆っていた。

歳三は、この女に見覚えがあった。

「千代《ちよ》――」

その名を口にすると、千代は薄い笑みを浮かべてみせた。

歳三との再会を喜んでいるわけではない。千代には、そうした感情はないだろう。嘲りと冷徹さが入り交じった笑みだった。

千代は、ただの女ではない。様々な仕掛けを施し、人を殺《あや》める暗殺者だ。

歳三が初めて千代と会ったのは、川崎宿だった。千代は飯盛女《めしもり》として働きながら、計略を巡らせ、言葉巧みに他人を操り、容赦なく人の命を奪ってきた。

まるで、蜘蛛《くも》のような女だ。

「相変わらず、あなたは甘いですね。だから、こうも容易《たやす》く敵の手にかかるのですよ」

千代が憐れみの目を向けてきた。

そうかもしれない。甘いと言われれば、甘いのだろう。

此度のこともそうだ。火を放たれたあばら屋から逃げ出すことに、囚《とら》われ過ぎていた。近くに火を放った者がいることは、少し考えれば分かることだ。

気を抜くべきではなかった。

それに、さっきから感じている身体の不調――。

千代が絡んでいるということは、あの煙は、ただの煙ではなく、痺れ薬の類いが混ぜられていたに違いない。

だから、身体が思うように動かない。

「お前が鬼なのか？」

歳三は、千代を見据えながら問う。

この女が、目的のために鬼を演じ、人を殺めていたというのは、充分に考えられる。

「ええ。そうです。私は鬼です」

千代が目を細めながら言った。

――やはりそうか。

気付けば、千代の手には小太刀が握られていた。この場で、歳三と宗次郎を始末するつもりなのだろう。

「此度のことは、お前の仕掛けか？」

「あなたは、知る必要のないことです」

千代が、ゆっくりと小太刀を振り上げる。

反撃しようとしたが、やはり身体が動かなかった。ここまでか。あっけない最期だが、千代に殺されるなら、悪くないとも思った。

川崎宿で、千代と身体を重ねたときのことが思い返される。柔くて、折れそうなその身体は、ほんのひとときではあるが、歳三に安らぎを与えてくれた。

「あなたは、鬼にはなれない」

千代が静かに言った。

その言葉の意味を問い返す前に、歳三の意識は深い闇の中に墜《お》ちていった。

十

遼太郎が目を向けると、寺の境内に誰かが立っていた――。

法衣を纏った人影が、月明かりの中で、ぼうっと浮かび上がるように佇《たたず》んでいる。最初は、隆盛かと思ったが、背格好が違う。隆盛よりも、ずっと小柄で華奢《きゃしゃ》だった。

呼びかけようとしたが、思うように声が出なかった。

喉を締めつけられているような、奇妙な息苦しさを感じる。

やがて、法衣を纏った人影は、地面に這いつくばるようにして屈み込む。

べちゃべちゃ――。

濡《ぬ》れた布を、打ちつけるような音がした。

めりめり――。

木の枝の軋《きし》むような音がする。

ごりごり――。

石臼《いしうす》を挽《ひ》くような音。

そしてまた――べちゃべちゃという水気を帯びた音が響く。

――いったい何をしているんだ？

不思議に思いはしたが、同時に、それを見てはいけないと感じた。理屈ではなく、全身が危うい何かを感じ取っているのだ。

そっと後退った遼太郎だったが、その拍子に小石を蹴ってしまった。

音に気付いたのか、屈み込んでいた人影がゆっくりと立ち上がり、遼太郎の方に顔を向けた。

その人影は、鬼の面を被っていた。

頭からすっぽりと被る形状の鬼の面だった。

いや、あれは本当に面なのか？　あれは、鬼の顔そのものではないのか？

遼太郎が、そう感じたのは、鬼の口の周りが、血で真っ赤に染まっていたからだ。

それだけではない。

鬼は、右手に何かを持っていた。

それは――千切れた人の腕だった。

べちゃべちゃ、めりめり、ごりごり――。

さっきの音の正体を知る。

あれは、鬼が人を喰らう音だったのだ。

恐怖に囚われた遼太郎は、堪らず踵を返して走り出した。

喰われたくない。

嫌だ。嫌だ。嫌だ――。

どこに向かっているのか、自分でも分からなかった。ただ、少しでも鬼から離れたい。その一心で走り続けた。

遼太郎は、後ろが気になり振り返った。

「あっ！」

その途端、前につんのめるようにして転んでしまった。

すぐに立ち上がろうと顔を上げたところで、思わずぎょっとなる。

遼太郎のすぐ目の前に人間の生首が転がっていたからだ。はっきりとした顔立ちをした少年の生首だった。

「れれろるろららろろ」

横倒しになった少年の生首は、綺麗《きれい》に切断された首から、びゅうびゅうと血を噴き出しながら言った。

「…………」

「かららろこ」

少年が、じっと遼太郎を見つめながら、再び言葉を発する。

「…………」

「ろくのからら……かえしれ……」

遼太郎は、もはや平静を保つことはできなかった。

「うわぁぁ！」

遼太郎は、力の限り叫んだ。

そうすれば、目の前で起きたことを、なかったことにできる。そんな気がしたからだ。

「落ち着け！」

声とともに、脳天に痛みが走る。

遼太郎が、目を開けると、そこには鬼も、少年の生首もなかった。行灯の薄い光の中で、浮雲が遼太郎の顔を覗き込んでいた。

遼太郎が、額にびっしょりと浮かんだ汗を拭ったところで、部屋の隅で大の字に寝ている才谷の姿が目に入った。

高馯《たかいびき》の才谷を見て、ようやく遼太郎は得心した。

蔵で鬼と化した弘真を見たあと、浮雲はすぐに鬼退治に動くのかと思ったが、何もしようとはせず、ただ酒を呑むばかりだった。

いくら遼太郎が促しても、「そう急くな」と適当にあしらわれてしまった。

そのうち、遼太郎も旅の疲れからうつらうつらしていたというわけだ。

「悪い夢を見たのですね……」

遼太郎は、呟くように言った。

鬼が出てくる夢を見たのは、隆盛から聞いた話が頭に残っていたからだろう。

「いや。お前が見たのは、多分、夢じゃねぇ」

浮雲が、両眼を覆った布をずり上げる。

緋《ひ》色に染まった両眼が、行灯の揺れる光に照らされて、明滅しているようだった。

「え？　し、しかし……」

目の前には、鬼も少年の生首もないではないか。

「あそこにいるだろう」

浮雲が、すっと手を上げて部屋の隅を指差した。

恐ろしいと思いながらも遼太郎は目を向ける。だが、そこには、何もなかった。くすんだ壁があるだけだ。

「何がいるのです？」

遼太郎が訊ねると、浮雲は苛立たしげに舌打ちをした。

「何だよ。見えねぇのか」

その言葉を聞き、遼太郎はようやく浮雲に見えているものが何なのかを悟った。

「ゆ、幽霊がいるのですか？」

「ああ」

──やはりそうだった。

浮雲の両眼は、ただ赤いだけではない。死者の魂、つまり幽霊が見えるのだ。

遼太郎には、何も見えていないが、浮雲の眼には、部屋の隅に立つ幽霊の姿が映っているのだろう。

「あれは、多分、鬼に喰われた子どもの幽霊だろうな」

浮雲がポツリと言う。

「そこにいるという子どもから、何か聞き出すことはできませんか？」

「そのつもりだったが、もう行っちまった」

しばらく部屋の隅を見つめていた浮雲が、舌打ち交じりに言った。

「そうですか……」

「まあ、そう落胆するな。あの子どもの幽霊は、さっきまでお前に憑依していた」

「わ、私に？」

「そうだ。前にも言っただろ。お前は、憑依され易い質なんだよ」

あまり信じたくはないが、遼太郎が憑依され易い質だということは、以前にも浮雲から聞かされていた。

「もしかして、私がさっき見た夢は……」

遼太郎が口にすると、浮雲が我が意を得たりとばかりに、にっと笑った。

「お前が、何か夢を見たのだとしたら、それは夢じゃなくて、幽霊の記憶かもしれない」

そのことについても、前に浮雲が話していた。

遼太郎は、幽霊に憑依され易いだけでなく、幽霊の記憶を夢として見てしまうことがあるらしい。

ということは、つまり――。

「浮雲さんは、私が憑依されているのを知っていて、黙って見ていた――ということですか？」

「何か文句があるのか？」

「いや、文句というか、そうだと分かっているなら、助けてくれても良いではないですか」

遼太郎が言い募ると、浮雲はふんっと鼻を鳴らして笑った。

「お前は阿呆か？」

「あ、阿呆って……」

「いいか。これも前に言ったが、おれは幽霊が見えるだけで、神通力の類いがあるわけじゃねぇんだ」

——そうだった。

浮雲は、ただ見えるだけなのだ。

憑きもの落としを生業としているが、そのやり方は、他とは大きく異なる。幽霊が、彷徨っている訳を見つけ、説得するのだ。

遼太郎が幽霊に憑依されているのを知っていたとしても、「えいや」と祓えるわけではないのだ。

「分かったら聞かせろ。お前は、夢の中で何を見た？」

この部屋に現われた幽霊が、何者なのか？　そして、なぜ彷徨っているのか？　鬼と関わりがあるのか？　そうした謎を解くためには、遼太郎が見たものを話す必要があるということだ。

遼太郎が口を開こうとしたところで、「ぎゃ！」という悲鳴が聞こえてきた。

——何事だ？

遼太郎は、浮雲と共に立ち上がった。

さっきまで寝ていた才谷も悲鳴に飛び起き、寝惚《ねぼ》け眼《まなこ》ながらも刀を手に取った。

「本堂の方だな。行くぞ」

浮雲は、言うやいなや駆け出した。

遼太郎は、才谷と一緒にその後に続く。

「今のはいったい？」

本堂にたどりついたところで、息を切らした隆盛が声をかけてきた。

隆盛もまた、悲鳴を聞いて駆けつけたのだろう。

浮雲は、「分からん」と吐き捨てるように言いながら、本堂の扉を押し開けた。

ぎっと蝶番が鳴る。

そこに広がる光景を目にして、遼太郎は思わず「うっ」と声を上げた。

そこには、人間の死体が横たわっていた。左腕がなく、腹を裂かれていて、体内にあるはずの腸が喰われたのか、中が空洞になっている。

それだけではなく、首から上が斬り取られていた。

「円心……」

隆盛が、震える声でそう言った。

——あれは円心なのか？

改めて目を向ける。首はなくなっているが、背格好と着ているものからして、確かに円心だ。

——円心が鬼に喰われたのか？

呆然《ぼうぜん》とする遼太郎たちを嘲るように、笑い声が響いた。

振り返ると、鬼塚のところに立つ法衣を着た人影があった。鬼の面を被っている。角がない。

「あれは祖母面」

隆盛が言った。

鬼の祖母面を被った人物は、胸の前に何かを抱えていた。

「あれは……」

円心の生首だ――。

鬼は、円心の生首を抱えていた。

「鬼が本当にいるとはな」

才谷が、すっと刀の鞘《さや》を払った。

その目つきには、まるで龍のような迫力に満ちていた。

鬼は、ふふふふっ――と笑い声を上げながら、踵を返して駆け出した。

すぐに才谷が、後を追いかけようとしたが、浮雲が「待て！」とそれを押し留めた。

「不用意に追うな」

「だが……」

「正体を摑めていないのに、深追いすれば、鬼に喰われることになるぞ」

浮雲の言う通りだ。

鬼の正体も分からず、闇雲に追うのは得策とは言えない。

遼太郎たちは、遠ざかっていく鬼の笑い声を聞きながら、ただ呆然と立ち尽くすしかなかった——。

第二章

一

倒れている歳三を、女が見下ろしていた。

若い女だ。

左の眼だけ、鮮血のように真っ赤に染まっている。

歳三は、この女を知っていた。

——千代。

名を呼ぼうとしたが、声が出なかった。

それだけではない。仰向けに倒れたまま、指一本、動かすことができない。

そこで、ようやく歳三は思い出した。

——そうだ。おれは千代に斬られたのだ。

何とも呆気ない幕切れではあるが、死に際というのは、そういうものなのかもしれない。何の

かマシな気がした。

欲求を抱えながら、自分を騙《だま》し騙し生きていくよりは、ここですっぱり終わりにした方が、幾ら

この先、生きていたところで、何があるというわけではない。歪み、淀《よど》み、膨れ上がっていく

前触れもなく、あるとき、突然、ぷつりと絶える。

「土方さん」

暗闇に呑み込まれそうになっていた歳三の意識を、誰かが呼び止めた。

「おーい。起きているんだろ」

無邪気に呼びかけてくる声に、聞き覚えがあった。

「……宗次郎か？」

歳三が、絶え絶えに口にすると、薄暗かった目の前の景色が一気に開けた。

仰向けに寝ていることに変わりはないのだが、そこに千代の姿はなかった。代わりに、宗次郎

が歳三の顔を覗き込んでいる。

「良かった。目を覚ました」

宗次郎は、ほっと息を吐く。

どうやら歳三は、さっきまで夢を見ていたようだ。いや、本当にそうだろうか？　あれは、実

のことだったように思える。それが証拠に、目の奥に響くような痛みが残っている。

「ここは？」

歳三は、起き上がりながら宗次郎に訊ねた。

「玄宗って医者のところだ」

宗次郎が明るく応じる。

言われてみれば、見覚えがある。確かに、ここは玄宗の養生所だ。

「起きたか」

気怠げな声とともに、玄宗が襖を開けて部屋に入って来た。

「私は、いったい……」

「詳しいことは知らん。ただ、襤褸を着た虚無僧が、お前さんと、もう一人の小僧を抱えて来て、置いて行ったんだ」

玄宗が投げ遣《なや》りに言った。

「虚無僧――ですか？」

「ああ。深編笠を被っていたので、顔は見ていない」

「名を名乗りましたか？」

「いや。ただ、お前らを頼むとだけ言い残して、どこかに行っちまった」

特徴からして、歳三たちを玄宗の許に運んだのは、狩野遊山で間違いないだろう。

千代に殺されかけたところを、狩野遊山に助けられたということか？　だが、なぜ、あの男が歳三たちを助けた？

狩野遊山は、かつては狩野派の絵師だったが、今は幕府の暗殺者として暗躍している男だ。格好こそ虚無僧だが、剣の腕は並外れている。だが、狩野遊山は、暗殺の対象を刀で斬るだけではない。

心霊現象に絡めて、言葉巧みに人の心の底にある闇を引き出し、それを利用し、自ら手を下すことなく、対象者を屠《ほふ》る。

これまで、歳三は幾度となく、狩野遊山の事件に絡んできた。こちらが、命の危険に晒されたのも、一度や二度ではない。

そんな男が、どうして歳三と宗次郎を助けたのか？　それが分からなかった。

「他に何か言っていましたか？」

歳三が訊ねると、玄宗は「何も」と即答した。

玄宗と狩野遊山が繋《つな》がっているのでは？　その疑念が浮かんだのは事実だが、歳三はすぐにそれを打ち消した。玄宗は、嘘を吐いたり、何かを誤魔化している風ではなかった。

いずれにしても、此度の鬼の一件には、千代だけでなく、狩野遊山も関わっていることは間違いない。

とんでもない事件に、首を突っ込んでしまったのかもしれない。

「それで、お前さんたちに、何があったんだ？」

話が一区切り付いたところで、玄宗が訊ねてきた。

その声には、咎《とが》めるような響があった。適当に誤魔化すことも考えたが、相手が玄宗だと、つまらぬ嘘は見抜かれそうだ。

「実は、鬼退治をしようと……」

「鬼退治だと？」

玄宗の目つきが変わった。

怒鳴り散らされるかと思ったが、玄宗は「詳しく話せ」と促してきた。

歳三は、鶴亀屋でも鬼の話を聞き、それを解決するために、鬼が出るという噂のある、川沿いにあるあばら屋に足を運んだこと、そして、そこで人間を解体したと見られる痕跡があったことなどを仔細《しさい》に話した。

家に火を放たれたことまでは話したが、それをやったのは、誰か分からない――ということにしておいた。玄宗を巻き込むわけにはいかない。余計なことを喋れば、千代に狙われると思ったからだ。

「無駄なことをしたな」

玄宗がため息交じりに言った。

「そうですか？」

「あのあばら屋に、鬼など棲んでおらん」

玄宗が一蹴した。

「しかし、あそこには屍肉《しにく》がありました。それを解体したような跡も、見受けられました」

「それがおかしいと言っているんだ」

「どういうことです？」

「鬼は子どもを喰うんだ。持ち帰って、解体したりしない。わしの孫もそうだった」

玄宗の表情が苦痛に歪んだ。

要らぬことを喋らせてしまったと、苦い思いが生まれる。同時に、引っかかりも覚えた。

「しかし、私には、鬼が喰ったとは思えません」

「なぜだ？」

「首の切断面が、あまりに綺麗なんですよ。力尽くで引き千切ったというより、刀で斬ったような痕でした」

「お前の言う通りなんだろうな」

「というと？」

「鬼は、まず首を斬り落として殺すんだ。得物は何か知らんが、そうやって殺してから喰うんだよ」

「なるほど。しかし、喰う箇所が違うのはなぜなんでしょう？」

聞いた話では、鬼は子どもによって、腕だったり、足だったり、腸だったりと喰う部位を変えている。そのことにも、歳三は引っかかりを覚えていた。

「さあな。鬼の考えることなんざ、おれには分からん。いずれにしても、喰われた後の子どもは、みな河原や神社なんかに死体が投げ捨てられている。鬼は解体なんてまどろっこしいことはしない」

「そうかもしれませんね。しかし、だとするといったい誰が？」

「さあな。それは、わしにも分からん。ただ、お前さんが足を運んだあばら屋は、曰《いわ》く付きの場所でな……」

「曰く付きとは？」

歳三が、ずいっと身を乗り出しながら訊ねる。

「嫌な話になるぞ」

「構いません」

歳三が告げると、玄宗は深いため息を吐きつつも口を開いた。

「あのあばら屋には、かつては、町医者の診療所があったんだ」

「そうだったんですか」

「中富《なかとみ》という男でな。大層腕がよく、人情に厚かった」

「儲《もう》かっていそうなのに、何であんなあばら屋みたいなところで、開業してたんだ？」

疑問を投げかけたのは宗次郎だった。

「儲かるわけないだろ」

玄宗は、宗次郎を一瞥してから話を続ける。

「人情に厚い中富は、困っている奴を放っておけなかった。だから、金のない奴を只で診てやったりしていたんだ。治療費は、後払いでいいとか、色々と融通もしてやっていたから、常に貧しかった。いつの時代も損をするのは正直者なんだよ」

宗次郎は不服そうにしていたが、玄宗の言うことは正しい。

金のない奴を見捨てる冷酷さがなければ、儲けを出すことはできなかったはずだ。

「それで、どうなったのですか？」

歳三は先を促す。

「中富は、妻と二人で細々と診療所をやっていたんだが、ある日、子ができた」

「もしかして、女の子ですか？」

「よく分かったな」

「勘です」

歳三は、苦笑いを浮かべた。

「ただ、その娘は、二人の本当の子ではなかった」

「というと？」

「河原に捨てられていたんだよ。身体中傷だらけで、餓死寸前のぼろぼろの状態だったそうだ」

「その子どもを自分の子にしたんですか？」

歳三が訊ねると、玄宗は頷いた。

「傷の手当てをして、食べ物を与えただけでなく、身よりのないその子を、我が子として家に置くことにした。中富とは、そういう男だ」

玄宗がすっと目を細める。

ここまでは、人情味のある話なのだが、最初に玄宗は「嫌な話になるぞ」と前置きした。つまり、この先に、全てをひっくり返すほどの忌まわしい出来事が控えている。

「それから、何があったのですか？」

「中富が拾った娘は、快活ではなかったが、頭のいい子でな。読み書きはすぐに覚えたし、幼いながらも、中富の手伝いなどもするようになった。ただ……」

玄宗は、途中で言葉を呑んだ。

「その娘は、少しわけありであってな」

玄宗が、苦い顔で無精髭《ひげ》の生えた顎を撫でる。

「どのような？」

「その娘の左眼は、血みたいに赤い色をしていたんだ――」

――やはりそうか。

中富のところにいた娘というのは、間違いなく千代のことだ。

そうなると、あばら屋に、鬼が潜んでいるという噂話は、千代が流したのかもしれない。そうすることで、歳三たちを、あの場所に誘き寄せた。歳三は、まんまとその罠《わな》に嵌《は》まったというわけだ。

「驚かんのか？」

玄宗が、歳三の思案を遮った。

「え？」

「だいたいの奴は、眼が赤いと聞くと、驚いたり、気味悪がったりするもんだ」

――まあ、そうかもしれない。

「実は、私の友人が、同じように赤い眼をしているんですよ」

千代のことは既に知っているし、浮雲との付き合いもあるので、別段驚くようなことはない。

「そうか。その友人は鬼か？」

「いえ。手癖が悪く、酒呑みで、女に目がありませんが、鬼とはほど遠い男ですね」

「皆、お前のようならいいのだが、だいたいの連中は違う」

――そういうことか。

歳三は、玄宗がこれから何を話すかを察し、得心した。

「村の者たちは、中富の娘を鬼として扱ったのですね」

「ああ。人ってのは、自分と違う者を忌み嫌い、疎んじ、虐げるのが常だからな。鬼の子だと、その娘を近所の子らが苛《いじ》めた。それだけではなく、中富やその妻も、周囲からの苛めを受けるようになった」

「変なの」

素っ頓狂な声を上げたのは、宗次郎だった。

宗次郎にとって重要なのは、強いか強くないかであって、外見が他人と同じとか、違うとか、そういうことは些末《さまつ》なことだ。

そんな宗次郎からしてみれば、娘を虐げる者たちの言行は、滑稽に映るのだろう。歳三も、似たような思いではあるが、逆に、虐げる側の心の内も、分からないでもない。

周囲と異なることを奇異とする心情の根底にあるのは、恐れなのだろう。知らないもの、分からないこと、そうしたものを、恐れ、拒む。それは身を守るための行為でもある。

浮雲が、己の両眼を隠すのは、決して大げさなことではないと、今さらのように感じる。

「それから、どうなったのですか？」

歳三は、玄宗に話を続けるように促した。

「患者が足を運ばなくなり、中富の診療所は、段々と立ち行かなくなった。これまで、散々、世話になって来たというのに、掌《てのひら》を返したわけだ。それだけでなく、妻が病で臥《ふ》せるようになってしまった」

「憐れですね」

「ああ。ただ、それだけでは終わらなかった。あるとき、この辺りで流行病があって、何人かが死んだ。日照りもあって、農作物も不作になり、餓死する者も出た。そうしたことが、立て続けに起きてしまった……」

──嫌な話だ。

玄宗の話の先に、何が待っているのか、だいたい想像がついてしまった。それ故に苦しくなるが、聞かないわけにはいかない。

「それから、どうなったのです？」

歳三が訊ねると、玄宗がぎろっとこちらを睨んだ。その目は、同時に、底が見えないほどに暗かった。

「これらは全部、あの鬼の娘のせいだ──ということになった。いきり立った若い衆の何人かが、鬼狩りだと称して、診療所を襲ったんだ」

「莫迦《ばか》なことを……」

病や飢饉《ききん》が鬼の仕業であるはずがないのだ。

ただ、口実を設けて憂さ晴らしがしたかっただけなのだろう。そういうとき、他人と違うという存在は、格好の餌食になる。

「本当に莫迦なことだと思う。連中は、中富と妻を殺しただけじゃなく、その身体をばらばらに解体して、鍋にぶち込んだ。あの家が、血塗《ちまみ》れだったのは、そういうわけだ……」

「どっちが鬼だか、分かったものではありませんね」

「まったくだ。知っていれば、止めたものを……」

玄宗が、固く握った拳を震わせた。

後悔と自分を責める思いが、渦巻いているのだろう。

あばら屋で何があったのかは、だいたい明らかになったが、一つだけ分からないことが残っている。

「娘も、そのときに殺されたのですか?」

「分からん」

玄宗が首を左右に振る。

「分からない?」

「ああ。何せ、中富たちは、ばらばらにされていたからな。どれが、誰の肉片なのか、分からないような状態だった」

玄宗の話を聞き、その情景を想像したのか、宗次郎が口を押さえて「うっ」と唸った。

「娘が、そのとき死んだかどうか、はっきりしないということですか？」

「ああ」

「襲った連中なら、娘の行く末を知っているのではありませんか？」

歳三が問いを重ねると、玄宗が一瞬だけ天井を仰いだ。

「話には、続きがある」

「続き？」

「中富を襲った連中は、全員骸となって発見された」

「殺されたということですか？」

「多分そうだな。それこそ、鬼の仕業だと騒ぎになったのさ――」

玄宗がじっと前を見据える。

だが、その視線の先にあるのは、何もない壁だった。

二

「酷い……」

遼太郎は、床に横たわる死体から、思わず目を背けた――。

腹が裂かれていて、腸は喰われ、身体の中に空洞ができていた。あまりに無残な骸だった。先刻まで話をしていた円心が、もう動くことのない肉のかたまりになっている。

「おれが、もっと早くに気付いていれば……」

隣に立っていた才谷が、苦虫を嚙み潰したような顔で言う。

拳を握り締めた腕は、血の管が浮き上がり、小刻みに震えていた。やり場のない怒りを、ぐっと抑えているようだった。

遼太郎も、同じ気持ちだ。

「いえ。それを言うなら、私もです……」

鬼が円心を喰らっているというのに、眠りこけていたのだ。悔やんでも、悔やみ切れない。

遼太郎が、深いため息を吐いたところで、浮雲の姿が目に入った。

陰鬱な雰囲気に包まれている遼太郎と才谷とは違い、浮雲は墨で眼の描かれた赤い布をずらし、横たわっている骸の傍らに屈み込み、物珍しそうにじろじろと見ている。

それだけでは満足できなかったのか、終《しま》いには、顔を近付け、くんくんと鼻を鳴らしながら、臭いを嗅ぎ始めた。

「止めて下さい」

遼太郎は、堪らず口にした。

何が目的か知らないが、こんな風に骸の臭いを嗅ぐなんて、常軌を逸しているとしか思えない。

「何がだ？」

浮雲は、不服そうに赤い両眼で遼太郎を見上げる。

「何がって……円心さんの亡骸《なきがら》を、そんな風にじろじろと」

「阿呆が」

「なぜそうなるのです？」

「別に、おれは興味だけで見ていたわけじゃねぇ。この骸を検分していたんだよ」

骸を検分することで、鬼に繋がる手掛かりを探していたということか。言い分は、分からなくもない。だが――。

「臭いまで嗅ぐ道理はないと思います」

「だから阿呆だと言うんだ」

「え？」

「臭いを確かめることも、大事だと言っているんだ」

浮雲が、面倒臭そうにぐしゃぐしゃと寝癖だらけの髪を掻き回しながら、ゆらりと立ち上がった。

不思議なもので、この男が口にすると、妙に納得させられてしまう。

「そうか！　浮雲は、この骸に残った臭いを辿《たど》って、鬼の行方を追おうというわけだな」

才谷が、興奮気味に言いながら、ぽんっと手を打った。

その途端、浮雲は大きなため息を吐く。

「阿呆がもう一人」

「おれは真剣に言っているんだぞ」

「だから、阿呆だと言ってんだよ。犬じゃねぇんだから、臭いを辿って追いかけるなんて芸当は、できねぇんだよ」

これは、浮雲の言い分が正しいと思う。だが、そうなると、分からなくなる。

「では、なぜ臭いを確かめたのですか？」

「臭いで、死んでからどれくらい経ったのかが分かる」

「そうなのですか？」

「ああ」

浮雲は、得意そうに自分の鼻を擦《こす》った。

さっきは、犬じゃない――と否定していたが、臭いだけで死んでからどれくらい経っているのか分かるのだとしたら、犬と大差はないような気がする。

「それで、死体を検分して、何か分かったのか？」

才谷が訊ねると、浮雲は緩んだ表情を引き締めた。

「色々と分かった」

「何だ？」

「まあ、急くな。それより、遼太郎。お前に訊きたいことがある」

浮雲の赤い双眸《そうぼう》が、遼太郎を見据える。

その眼力に、身体がぎゅっと硬くなった。

「な、何でしょう？」

「さっき、話が途中になっちまった。幽霊に憑依されている間、お前が何を見ていたのかを話せ」

確かにそうだった。

遼太郎は眠っている間に、幽霊に憑依され、奇妙な夢を見ていた。浮雲に、その夢の内容を問われ、答えようとしたところで、悲鳴が聞こえたので、話が途中になってしまっていた。

ただ、このままこの部屋にいるのは、どうにも耐えられない。

「話しますので、場所を移しませんか？」

遼太郎の申し出に、浮雲と才谷はすぐに応じてくれた。円心の骸を見ながら、話を進めるのに気詰まりを覚えたのは遼太郎だけではなかったのだろう。

本堂を出たところで一度振り返ると、隆盛が茫然自失の様子で、円心の亡骸を見つめていた。起きた現実の衝撃が強過ぎて、未《いま》だに受け容《い》れられないのだろう。

「こんなことになるなら、蔵の鬼を斬っておけば良かったな」

才谷が、ふと足を止めて蔵の方に目をやった。右手は刀の柄に手をかけている。

「そんなことをしても、意味はねぇよ」

浮雲が、苦笑いを浮かべながら口にした。

「なぜだ？　あのとき、斬っておけば、円心という小僧は、喰われずに済んだのだぞ」

「円心を喰ったのは、弘真ではない」

「なぜ、そう言い切れる？」

「蔵の扉の閂はかかったままだ。弘真は、蔵の中にいる」

「もしかしたら、何らかの方法で蔵から抜け出したのかもしれん」

「ねぇよ」

「しかし……」

「ならば、中を確かめてみればいいのではありませんか？」

遼太郎は二人の言い合いに割って入った。

蔵の中に、弘真がいるかどうか確かめればはっきりする。

「その必要はねぇ。円心を喰った鬼が被っていたのは、祖母面だと隆盛が言っていた。弘真が被っていたのは孫面。違うものだ。それに、服装も背格好も違う」

浮雲の説明に、納得するしかなかった。

まさにその通りだ。面は別のものを被ったと考えられなくもないが、背格好は誤魔化しようがない。

それでも、一応、蔵に近付き、覗き窓から中の様子を窺《うかが》った。弘真は面を被ったまま、牢の中にいた。円心を襲ったのが、弘真でないことがはっきりしたところで、遼太郎たちは元々いた客間に戻った。

腰を落ち着けたところで、浮雲が「お前が見たものを話せ」と遼太郎を促してきた。

夢の話をするのは、やぶさかではないが、その前に確かめたいことがあった。

「私の見た夢と、鬼とは関わりがあるのですか？」

「知らん」

「え？」

「それを確かめるためにも、話せと言っているんだ」

「さっきから、何の話をしているんだ？」

才谷が、眉間に皺を寄せながら訊ねてきた。

そういえば、才谷には、遼太郎の特異な体質について話していなかった。てっきり、浮雲が話すのかと思ったが、「お前が言え」という風に、目で合図を送ってきた。

遼太郎は仕方なく、自分が幽霊に憑依され易いこと、憑依されているときに、幽霊の記憶の一部を、夢として見ることなどを話して聞かせた。

突拍子もない話なので、てっきり信じてもらえないと思っていたのだが、才谷は意外にも、あっさりと納得したばかりか、「それは凄《すご》いな」などと感心してみせた。

「遼太郎は、円心の骸が見つかる直前に、幽霊に憑依されていた。此度の一件と、何らかの関わりがあるかもしれん」

浮雲は、最後だけ二人の話に入ってきて、そう言い添えた。

「で、どんな夢を見たんだ？」

浮雲が、一呼吸置いてから、改まった調子で訊ねてきた。

才谷も興味津々といった感じだ。

こんな風に注目されると、少々硬くなるが、遼太郎は「はい」と頷いてから、話を始めた。

「私が見たのは、鬼の姿です。人の肉を喰っている鬼――」

「それは、本当に鬼だったのか？」

「はい。間違いなく鬼でした。腸を喰らい、骨を嚙み砕いていました……」

口にした途端、夢で見たおぞましい光景が鮮明に蘇《よみがえ》る。吐き気を覚えたところで、脳裏に円心の無残な骸が映った。

――もしかして。

あのとき、遼太郎が見た光景というのは、死の間際に円心が見た記憶だったのかもしれない。

「多分、それはただの夢だな」

浮雲が顎を撫でながら言う。

「え？　でも、確かに見たんです」

「別に見たことは否定しない。ただ、鬼が人を喰っている様子は、ただの夢だと言っているんだ。色々と話を聞いたことで、想像が膨らみ、そんな夢を見たんだろうよ」

「どうして夢だと言い切れるのですか？」

「骨や肉を嚙み砕いていたのだろ？　それだと死体の状況と一致しない。だから鬼の話から悪い想像を膨らませて夢を見たと言っている」

「ああ……」

言われてみればそうである。

「で、他には何を見た？」

浮雲が先を促す。

「でも、夢なのでは？」

「全部が夢だとは言っていない。いいから、その先、何を見たのか話せ」

「はい。私は、恐ろしくなって、その場を逃げ出したんです。でも、途中で転んでしまったんです。何とか顔を上げると、そこには——」

「………」

「子どもの生首が転がっていました」

「どんな顔をした子どもだ？」

浮雲が訊ねてくる。

「年の頃は円心さんと同じくらいです。団子鼻で、眉が太くて、はっきりした顔立ちをしていました」

「その後はどうなった？」

「少年は、生首になったまま、何か奇妙なことを言っていました」

「奇妙なこと？」

「はい。『れれ』とか、『ららら』とか『ろろ』とか、そんな感じの言葉でした……」

「唄を口ずさんでいたのか？」

そう訊ねてきた才谷に、遼太郎は首を左右に振ってみせた。

「違います。あれは、唄ではなかったと思います。もっと、切実に何かを訴えているといった感じでした。ちゃんと伝えたいのに、呂律が回らないといった感じで――あっ！」

遼太郎の中に唐突に閃《ひらめ》きがあり、思わず立ち上がった。

「どうした？」

浮雲が怪訝《けげん》な顔をする。

「気付いてしまいました。あの生首が、何を言っていたのか」

「何だ？」

「『ららら』というのは、『からだ』だったんです。それから、『ろろ』というのは『どこ』と訊ねていた」

「なるほど。生首だけになった後、『からだどこ？』と捜していたわけか」

遼太郎は「そうだと思います」と頷いた。

「何と……」

才谷が、口をあんぐりと開けて言葉を漏らした。

「なるほどな。少しだが、見えてきた気がする」

浮雲は顎に手を当てて、うんうんと頷く。

この男は、どうしていつも、冷静でいられるのだろう。数多《あまた》の修羅場を潜《くぐ》り抜けてきたというのもあるのだろうが、それとは違う、元々の気質のようなものがあるようにも思えた。

「何が見えてきたのですか？」

遼太郎は訊ねてみたが、浮雲は口許に笑みを浮かべるばかりで、何も答えようとはしなかった。

三

「そうでしたか……」

喜三郎は、そう言って小さくため息を吐いた。

鶴亀屋に戻った歳三と宗次郎は、部屋に通された。その後、すぐに亭主の喜三郎がやって来たので、事の顚末《てんまつ》を話して聞かせることになった。

話を聞き終えた喜三郎は、鬼を退治できなかったことに、がっくりと肩を落とし、落胆を隠せない様子だった。

「土方さん。こいつ、ぶん殴っていいか？」

宗次郎が、真っ直ぐに喜三郎を指差しながら言う。

声は明るいが、冗談で言ったのではない。本当に、殴りたくてうずうずしているのが伝わってくる。

まあ、気持ちは分からないでもない。

鬼は退治できなかったものの、歳三と宗次郎は殺されかけたのだ。労を労《ねぎら》うどころか、こうも露骨にがっかりされたのでは報われない。

だが、ここで喜三郎を殴ったところで、何かが変わるわけではない。

「今は止しなさい」

歳三が窘めると、宗次郎は不満そうにしながらも口を閉ざした。

出された茶を呑み、「不味《まず》い」と文句を言ったのは、せめてもの手向かいだろう。

「一つ、伺ってもいいですか？」

歳三は、居住まいを正してから喜三郎に訊ねる。

「へい。何でしょう」

喜三郎は、気の抜けた返事をする。

「川沿いのあばら屋に、鬼が潜んでいるという噂は、いったい誰から聞いたのですか？」

歳三たちは、あばら屋で焼き殺されるところだった。おまけに、千代まで現われた。さらに、それをきっかけに、千代の過去を知ることにもなった。

ただの偶然ではない。間違いなく、歳三たちを誘き寄せるための罠として、あばら屋に鬼がいるという噂が流されたはずだ。それを辿ることで、千代たちに辿り着けるかもしれないという算段があった。

「はて……誰だったかな……」

喜三郎は、首を傾げ、腕組みをして考え込んでしまった。

惚けている風ではない。本当に、何も分からないようだ。少しくらい手掛かりが摑めると思っていただけに、今度はこちらが落胆する番だった。

宗次郎は、「何だよ。役に立たねぇな」と、吐き捨てるように言った。喜三郎は「申し訳ありません」と頭を垂れた。

「そうですか。では、もう一つ訊いてもいいですか？」

「何でしょう？」

「千代という女を知っていますか？」

「千代？　知りませんね」

「左眼を布で隠した女です。怪我をしているわけではなく、左眼が赤いことを隠しているのです」

「いえ。そんな女は、知りません」

喜三郎の答えは、思っていた通りのものだった。

それでも、敢えて歳三が問い質《ただ》したのは、答えるときの喜三郎のそぶりを見るためだ。

もし、喜三郎が裏で千代と通じているのであれば、何かしらの襤褸を出すと思っていたのだが、怪しい点は見当たらなかった。

「本当に知りませんか？」

「ええ。今の特徴の通りだとすれば、かなり目立ちますから、顔を合わせていれば、覚えていますよ。それで、その千代という女が、鬼と関わりがあるのですか？」

喜三郎が訊き返してきた。

「そうかもしれませんし、そうでないかもしれません」

歳三は、曖昧な返答をするに留めた。

喜三郎が千代のことを知らないのだとしたら、余計なことは知らない方が身のためだ。

「では、私はこれで。どうぞ、ゆっくりとお休み下さい」

話を終えたところで、喜三郎は頭を下げて部屋を出て行った。

「どうする？　これから、例の寺に向かうか？」

喜三郎がいなくなるのを見計らって、宗次郎が訊ねてきた。

「いや。少し休もう。色々あったからな」

寺にいるという浮雲たちと合流するのも手だが、別に急ぐこともない。少し、身体を休めてから向かっても、問題ないだろう。何なら、明日の朝でもいいくらいだ。

「そうだな。賛成。おれは一眠りする」

宗次郎は、そう言うと畳の上にごろんと横になった。そのまま、幾らも経たないうちに、大きな鼾をかき始めた。

歳三は、壁に寄りかかるように座り、天井を見上げた——。

このまま、眠ってしまいたいのだが、どうにも目が冴《さ》えてしまう。

その訳は分かっている。

玄宗から聞いた、中富という町医者の一家の末路が、ずっと頭の中を巡っていたのだ。

左眼が赤いという共通点のみだが、中富が拾って育てた娘は、おそらく千代だろう。感覚としてそれが分かる。

なぜ、千代がこの地に流れ着いたのか定かではない。ただ、そこに至るまでに、悲惨な経験を積み重ねて来たであろうことは想像がつく。

そんな千代にとって、中富との暮らしは、ようやく見つけた安息だったはずだ。

だが、それも長くは続かなかった。

親同然の中富夫婦は、千代の左眼が赤かったせいで誹《そし》られた挙げ句、無残に殺されたのだ。そのとき、千代が味わった哀《かな》しみと苦しみは想像を絶するものだったはずだ。それこそ、千代は全ての感情を麻痺《まひ》させるような絶望を味わったことだろう。

千代の顔が脳裏に浮かぶ。

その空虚な表情の裏にあるのは、言い知れぬ哀しみなのかもしれない。あの女は、今もなお、自分を呪い続けているに違いない。

歳三の感傷を断ち切るように、部屋の襖の向こうに、人の気配が生じた。

「何の用ですか？」

歳三は、素早く仕込み刀を手にしながら問う。

「やはり気付いておいでてしたか」

襖の向こうから、聞き覚えのある涼やかな声が返ってきた。

「狩野遊山――」

「覚えておいででしたか」

――白々しい。

これまで、散々に関わりを持っておいて、今さら、覚えていたかもクソもない。

ふと目を向けると、宗次郎がむくりと起き上がっていた。狩野遊山の気配を感じ取ったようだ。

木刀を握り、すぐにでも襖の向こうに突進しようとしている宗次郎を目で制した。

二人がかりで斬りかかったところで、まず勝ち目はないだろう。それに、今はそのときではない。

狩野遊山には、幾つか訊きたいことがある。

「どうして、私たちを助けたのですか？」

歳三が問いをぶつけると、襖の向こうから、ふっと笑い声が漏れた。

「助けたつもりはありません」

「何？」

「私は、気を失って倒れているあなたたちを、偶々《たまたま》見つけたに過ぎません」

「どういうことです？」

「どうもこうもありません。あの女——千代は、あなたたちを殺そうとしたわけではないのでしょうね」

「何ですって？」

「それが、蘆屋道雪《あしやどうせつ》の意思なのか、それとも千代の考えなのかは分かりませんが」

千代が情に流されて、歳三を取り逃がすなどということはあり得ない。だとすると、千代を傀儡《くぐつ》として操っている陰陽師《おんみようじ》——蘆屋道雪の思惑か？

「何か知っているんじゃないですか？」

「まさか。何も知りませんよ。陰陽師の考えることなど、私に分かるはずもありません」

狩野遊山の言葉を、そのまま受け取るわけにはいかない。

だが、追及したとて、今以上の答えは返さないだろう。明確な答えを出さず、他人の心を翻弄するのが、この男のやり口だ。

「話が逸れましたが、今日は、一つ忠告しに来ました」

狩野遊山が改まった口調で告げる。

「何を忠告するつもりです？」

「千代という女に同情するのは、お止めなさい」

狩野遊山の言葉に肝が冷える思いがした。まるで、歳三の心の底を見透かしているようだ。

「同情などしているつもりはありませんよ」

「本当にそうですか？　私には、あなたの心が揺れ動いている様が見えます――」

襖を挟んでいるので、顔など見えないはずなのに、狩野遊山が笑みを浮かべたのが分かった。

「戯《ざ》れ言《ごと》を……」

「自分で分かっていないのが、一番良くないことです」

「おれは……」

「おや。今、私からおれになりましたね。心が揺れている証です」

――いちいち、痛いところを衝《つ》く。

宗次郎が、ぽんっと歳三の肩に手を置いた。

喋っていないで、狩野遊山とやり合おうと目が語っていた。歳三は、首を振って宗次郎を押し留める。

「いずれにしても、あの千代という女は、同情するに値しません。なぜなら、あの女は、虐げられて歪んだのではありません。元々、歪んでいたのです」

——この男は、いったい何を言っている？

生まれながらにして、歪んでいる者などいない。歪むからには、そこに何かしらの原因があるはずだ。それが理というものだ。

——本当にそうか？

だとしたら、自分自身はどうだ。歳三は、誰かに虐げられたわけではない。それなのに、ときどき、人を殺したいという黒い衝動に駆られる。黒く、ぬらぬらとしたこの歪みは、歳三が生まれながらに抱いていたものではないのか？

頭の片隅に芽生えた疑問を、拳に力を込めることで握り潰した。

「わざわざ、ご丁寧に、そんなことを言いに来たのですか？」

「いえ。もう一つあります」

「もう一つ？」

——嫌な感じしかしない。

「このままでは、あなたは、欲望に流され、ただ人を斬るだけの鬼になるでしょう」

「何を莫迦なことを言っているのです」

言い返しながらも、内心ではどくっと心の臓が跳ねた。

「莫迦なことではありません。あなたも、ご自分で分かっているはずです。だから、あの男と一緒にいるのでしょう。欲望を抑え込むために――」

今度は、言い返す言葉すら出なかった。

狩野遊山の言いようは、的を射ている。歳三が、浮雲と行動を共にするのは、自分の中にある歪みを、抑えることができると思っているからだ。

「何のことを仰っているのか、分かりませんね」

歳三は、惚けてみせた。

ただ、歳三のそんな態度も、狩野遊山には、見抜かれているような気がする。

「今はそれでいいでしょう。しかし、これからも、ずっと欲望を抑え続けるわけにはいきません」

「何が言いたいのですか？」

「私が、あなたに人を斬る口実を与えると、申しております」

「口実？」

「そうです。訳もなく、欲求のままに人を斬れば、それは鬼です。しかし、大義があれば、英雄になる」

「あなたの仲間になれ――と」

「答えは、今でなくて構いません。いずれ、またお会いすることになるでしょうから」

その言葉と共に、襖の向こうから狩野遊山の気配が消えた。

四

「鬼とは、そもそも何なのでしょうか？」

遼太郎は、ずっと気になっていたことを口にした。

頭に浮かんだのは、弘真の憐れな姿だ。鬼の面を被り、正気を失い、何かに飢えたように、唸り声を上げている。

遼太郎には、その姿が人としての心を失い、別の何かになってしまったように見えた。円心を喰った鬼もまた、弘真と同じような状態だったのかもしれない。

「ふむ。それは、確かに気になるところだな」

才谷は顎を撫でながら言う。

「人は、誰しも鬼の一面を持っているものさ」

言ったのは浮雲だった。

盃に酒を注ぎ、それをぐいっと一息に呷る。不思議なもので、さっきから、相当な量の酒を呑んでいるのに、浮雲は顔色一つ変わらない。

「それはどういうことだ？」

才谷が、ずいっと身を乗り出して訊き返す。

「梅さんにも、遼太郎にも、鬼の一面はある。もちろん、おれにもな」

「鬼になる素質を持っている――ということですか？」

遼太郎が訊ねると、浮雲はふっと息を漏らして笑った。

「面白い考えだな」

「面白いですか？」

「ああ。面白い。的を射ている。お前の言うように、誰しも、鬼の素質を持っている。普段は、心の奥底に眠っているそれは、怒りや憎しみ、哀しみ、果たすべき務めといったものがきっかけになって、道理で考えることを捨て去ってしまう」

言っていることは、なんとなく分かる。

人は一つの想いに執着すると、他のことが疎《おろそ》かになる。他人がどう感じるのかはもちろん、その命に至るまで、どうでもよくなってしまう。

政などはその最たるものだ。

それぞれが語る理念は、信念に裏打ちされたものかもしれないが、それに憑かれてしまうと、あくまで手段であったはずの理念が目的そのものになり、それ以外がどうでもよくなってしまう。

やがて、それは謀略や謀殺を生み、より大きな混沌《こんとん》を生み出すことになる。

まさに鬼の巣窟のような場所だ。

だが――。

「私が訊いているのは、そういうことではありません」

遼太郎が再度、問いかけると、浮雲は「分かっている」とぶっきらぼうに応じる。

「前にも言ったが、鬼の面に幽霊が憑いていて、被った者に憑依したり、精神に影響を及ぼすということは、充分にあり得る」

「鬼の面が呪物のようになっているということですか？」

「ああ。ただ、鬼の面に、囚われ過ぎるな」

「囚われる？」

「そうだ。囚われ過ぎると、本質を見失う」

「それは、どういう意味ですか？」

「さあな」

浮雲は、はぐらかすように言うと、再び盃の酒をぐいっと呑み干し、着物の袖で口許を拭った。

いつもこれだ。肝心なことは煙に巻いてしまう。

「浮雲よ。もしかして、事の真相を、既に見抜いているのではないか？」

才谷が訊ねると、浮雲はふぅっと酒臭い息を吐いた。

「真相とまではいかないが、幾つか思うところはある」

「何だ？」

「今は言えない。余計なことを言えば、本質を見失うことになる」

浮雲は、ぐしゃぐしゃと髪を掻き回した。

「相変わらず、もったいつけるな。こっちは、モヤモヤしているんだ」

才谷の言葉には、珍しく苛立ちが滲んでいた。

それは遼太郎も同じだ。

「別に、もったいつけているわけじゃない。ただ、此度の一件は、簡単な話ではない。故に、色々と調べる必要がある」

「実際に、どんなことを調べるんだ？」

「色々だ。梅さんにも、手伝ってもらいたいんだが、構わないか？」

「当たり前だ。乗りかかった船だ。それに、こんな中途半端な状態では、気になって夜も眠れん」

その返答に満足したらしい浮雲は、大きく頷いた後に、才谷に何やら耳打ちをした。

何と言っているのかは聞こえなかったが、才谷が驚いたように目を見開いたことからも、意外なことのようだ。

「それで、いったい何が分かるんだ？」

才谷が、怪訝な表情で訊き返す。

浮雲はにっと笑うと、「鬼の正体だ――」と短く答え、才谷に盃を差し出した。

「分かった。ここまで来たら、四の五の言わずに信じよう」

才谷は、浮雲から盃を受け取り、ぐいっと呑み干すと勢いよく立ち上がる。そして、「行ってくる」と告げると、そのまま部屋を出て行ってしまった。

「どこに行ったのですか？」

遼太郎は、才谷を見送りながら浮雲に訊ねた。

「ちょっと調べものを頼んだんだ」

それは分かっている。遼太郎が知りたかったのは、浮雲が才谷に何を調べるように頼んだのか、だ。

そのことを言い募ると、浮雲はにっと笑みを浮かべた。

「そうだな。鬼が円心を殺した訳──といったところだな」

「訳？」

「そうだ。お前は、どうして円心が鬼に喰い殺されたのか、その訳が気にならんか？」

「訳などあるのですか？　ただ、人間の肉が喰いたかっただけでは……」

「本当に、そう思っているのか？」

「はい」

鬼なのだから、そういうものではないのか？

訳があって殺したのではなく、人間の肉が喰いたかった。つまり、目的は殺すことではなく、肉を喰うことの方だ。欲求に従った行動。そこに、理由などあろうはずがない。

「だとしたら、お前の目は存外に節穴だな」

「節穴って……」

「まあいい。それより、おれたちも動くぞ」

浮雲は、そう言いながら立ち上がり、金剛杖でドンッと畳を突いた。

「動くとは？」

「鬼を捜しに行くのさ」

浮雲は、さも当然のように言うが、遼太郎は簡単には受け容れられない。

「もし、本当に鬼に出会って、喰われでもしたらどうするのですか？」

「鬼が狙うのは、子どもだけだ」

確かに、これまで喰われてきたのは子どもばかりのようだ。だが、これからもそうとは限らない。喰わなかったとしても、正体を嗅ぎ回る遼太郎たちの存在が邪魔になって、殺そうと考えるかもしれない。

遼太郎が言い募ると、浮雲は「嫌なら、ここに一人で残っていろ」と、さっさと歩き出してしまった。

「ちょ、ちょっと待って下さい」

遼太郎は、結局、浮雲を追いかけることになった——。

五

狩野遊山が立ち去った後、お竹《たけ》という女中が食事を運んできた。

四十がらみで、名前の通り竹のように細い女だった。これまで、何度かその姿を見たことがある。お竹の方も、歳三を覚えていたらしく、「お久しぶりです」などと笑顔で声をかけてきた。

「喜三郎さんは、随分と憔悴していますね」

歳三が話を振ると、お竹はピタリと手を止めて、歳三の方に向き直った。

「そうなんですよ。気落ちしてしまいましてね。特に奥さんが亡くなってからは、見る影もありませんよ。心ここに非《あら》ずといった感じですかね。お陰で、お客さんも減る一方です」

「そうでしたか」

「いくら悔やんでも、死んでしまった者は、帰ってきませんからね。前に進むしかないんですよ。あたしも、夫を亡くしたときは気落ちしましたが、忙しくしていれば、哀しみも薄れていくものですよ」

お竹の言いようは、冷たく聞こえるが、実に的を射ていると思う。どんなに深い悲しみを抱えていても、刻が経てば慣れていくものだ。

喜三郎も、そうやってかつての自分を取り戻すことを祈るしかない。

「そうかもしれませんね。ところで、お竹さんは鬼を見たことはありますか？」

歳三が訊ねると、お竹は首を左右に振った。

「まさか。あったら、ここにいませんよ。喰われちまうでしょ」

「狙うのは、子どもだけだと聞いていますが……」

「ああ。そうでしたね。あたしみたいな年増は、鬼の方が逃げ出しますね」

お竹が楽しそうに声を上げて笑った。

「なぜ、鬼は子どもばかり狙うのでしょうね？」

歳三が疑問を投げかけると、お竹は笑みを引っ込めて急に真剣な面差しになった。

「変な話ですけど、美味しいんじゃないですか？」

「美味しい……」

「ほら。魚なんかでも、稚魚のときの方が美味しいことがあるじゃないですか。鬼にとっては、成長した人間よりも、まだ柔らかい子どもの方が、美味しいのかもしれません」

お竹は声を潜め、周囲に目を配らせながら言った。

自分でも、酷く不謹慎な話をしているという自覚があるのだろう。だが、ふざけて言っているわけではないことは分かる。むしろ、お竹の話は意外と真理を突いていると思う。

「そうかもしれませんね」

「でも、本当のところは、分からないじゃないですか。子どもが喰われたのは、偶々かもしれません。そう思うと、恐ろしくて、恐ろしくて」

「そうですね」

子どもだけが喰われたのは、偶々だったということは、充分に考えられる。いつか、大人も喰われるかもしれない。その不安は、鬼が捕まるまでついて回るだろう。

「あたしだけじゃなくて、他の人も、随分と恐がっていますね。そのせいで、この辺りにいる人が、みんなぴりぴりしているみたいで、息が詰まります」

鬼に襲われるかもしれないという恐怖が、周囲の人を呑み込み、宿場町全体に張り詰めた空気を漂わせているのだろう。

そういう心境に陥るのは、無理からぬことだ。

「少し、余計なことを話し過ぎてしまいました。喜三郎さんに聞かれたら大変だわ」

お竹は、両手で自分の口を塞いだあと、逃げるように部屋を出て行こうとしたので、歳三は慌てて それを呼び止めた。

「もう一つ、訊いてもいいですか？」

「何です？」

「中富という医者を知っていますか？　川の近くに診療所を開いていたはずですが……」

歳三が言うと、お竹は「ああ」と声を上げたが、すぐに顔を曇らせた。

「あの医者が、鬼の子を匿《かくま》っていたという話は、聞きましたか？」

「ええ。だいたいのことは」

「あのときの鬼の子が生きていて、今になって子どもを喰っているんじゃないかって私は思うんです」

本気で思っているわけじゃない。話を引き出すための嘘だ。

「冗談じゃありませんよ。そんなの逆恨みじゃないですか。鬼の子のせいで、疫病が流行《はや》ったりして、大変な目に遭ったんです。うちの亭主も、そのときに死にました。そんな鬼を匿っていたんだから、あんなことになっても仕方ないですよ」

お竹が早口に言った。

その言いようを聞き、歳三の背筋に冷たいものが走った。

そもそも、疫病が鬼の子のせいだなどという考えが、言いがかりに過ぎない。いや、ただの憂さ晴らしだ。

それを棚上げして、逆恨みとはよく言ったものだ。

「でもさ、疫病が鬼の子のせいだって証拠はあったのか？」

宗次郎が口を挟んできた。

「証拠なんて必要ありませんよ。だって、相手は鬼の子なんですよ」

「は？　そもそも、中富の娘が鬼の子だって証拠もないいんだろ」

「眼が赤かったんですよ。鬼に決まっているじゃないですか」

「だからさ……」

なおも言葉を重ねようとしていた宗次郎を、歳三が制した。

これ以上、何を言っても意味はない。お竹は、決して自分たちの非を認めない。それは、お竹に限ったことではない。

他の者たちも、疫病の責任を誰かに擦り付けたかったのだ。その対象として、他と違う容姿の者は、うってつけだった。それだけのことだ。別に珍しいことじゃない。

浮雲が、赤い両眼を隠すのは、こういう連中が世の中の大多数であることを知っているからだ。

「では、あたしはこれで――」

何だかんだ、お竹の方もばつが悪くなったのか、そそくさと部屋を出て行った。

「誰が鬼なんだか、分からなくなる」

宗次郎がぼやくように言った。

歳三も同感だった。

用意された食事を食べ終わるなり、宗次郎は大の字になって寝息を立て始めた。

歳三は、やはり眠る気にはなれなかった。

壁に背中を預けるように座り、天井を見上げる。

天井の梁《はり》を、一匹の蜘蛛が這っているのが見えた。蜘蛛は、必死に糸を出し、巣を作ろうとしている。

だが、上手《うま》くいかなかったらしく、ボタッと歳三の目の前に落ちてきた。

ひっくり返ったまま、足をバタつかせる蜘蛛の姿は、見るに堪えないものだった。

歳三は、笈《おい》に括り付けた傘を手に取り、その先で蜘蛛を押し潰す。

ほんの僅かな手ごたえと共に、蜘蛛の身体は潰れ、二度と動くことはなかった。

——おれは、何をやっているんだ？

自嘲気味に笑ったところで、ふと誰かに見られているような気がした。いや、これは思い違いなどではない。

歳三は、すぐに顔を上げる。

道に面した障子窓の向こうから、誰かがこちらを見ている——。

慎重に障子に近付いた歳三は、勢いよく開けた。そこに人の姿はなかった。だが、誰かが駆けて行く音が聞こえた。

目で追うと、女が、逃げるように走っているのが見えた。

――何者だ？

心の内で呟いた歳三に応えるように、女はピタリと足を止め、歳三の方に顔を向けた。

それは、人ではなかった。

鬼――。

いや。鬼の面を被った女だった。

面を外さずとも、それが誰なのか分かった。

――千代だ。

それに気付くのと同時に、歳三は駆け出していた。

六

遼太郎が浮雲と寺務所を出ると、隆盛の姿があった――。

本堂の前に棺桶《かんおけ》を用意して、その中に円心の骸を納めているところだった。

「何をしている？」

浮雲が声をかけると、隆盛がこちらに顔を向けた。

その目は、異様な光を放っているようだった。悲しみというより、もっと別の感情がその胸に渦巻いているように見える。

それは怒りや憎しみといったものなのではないか？　遼太郎にはそう思えた。

「見ての通り、円心の骸を棺桶に納めておりました。あのような無残な姿のまま、本堂に残しておくわけにはいきませんから」

確かにその通りだ。

腹を裂かれた惨たらしい姿を、いつまでも晒しておくのは忍びない。

「それもそうだな。もう一度、円心の死体を見るが構わないな」

浮雲が言うと、隆盛は「どうぞ」と棺桶を指し示した。浮雲は、大きく頷いたあと、棺桶に歩み寄り、中を覗き込む。

「やはりそうか——」

浮雲が呟くように言った。

「何か分かったのですか？」

「ああ。少しばかり古いんだよ」

「古い？　それはいったい、どういうことですか？」

訊ねたのだが、浮雲は遼太郎を無視して隆盛に向き直る。

「円心は、鬼に喰われたとき、どうして本堂にいたんだ？」

浮雲に訊ねられた隆盛は、何かを考えるように視線を漂わせたあと、力なく首を左右に振った。

「分かりません……」

「心当たりはないのか？」

「すみません。もしかしたら、本堂の掃除等をしていたのかもしれませんが、はっきりしたことは……」

今となっては、円心に訊ねることもできない。

「そうか。もう一つ訊いていいか？」

「何でしょう？」

「この寺に残っている鬼の面は、どこに保管してある？」

「本堂でございます」

「見せてもらっていいか？」

「ええ。構いません。こちらです——」

隆盛が、丁寧に本堂の中に案内してくれた。中は真っ暗だったが、すぐに隆盛が行灯を点けてくれた。

うっすらと浮かび上がる本堂の中央には、円心が横たわっていた血の痕が残っていた。思ったほど血が広がっていないのは、鬼が血を啜ったからなのかもしれない。

隆盛は、一度、本堂の奥に姿を消したが、しばらくして木製の箱を抱えて戻ってきた。

箱を床の上に置くと、ゆっくりと蓋を外す。

中には、祖父面と祖母面の二つが入っているはずだった。だが、そこにあったのは、一本の角が生えた鬼の面一つだけだった。

「やはり祖母面がなくなっています……」

隆盛が淡々と言った。

「前はあったのか？」

浮雲が問うと、隆盛は「もちろんです」と答えた。

「毎朝、箱を開けて確認しています。ですから、今朝までは間違いなくありました」

「誰かに盗まれたのですか？」

遼太郎が訊ねると、隆盛は困ったように眉を顰める。

「面が独りでに移動しない限り、そうとしか考えられません」

「いったい誰が？」

「犯人なら、おれたちは見ているじゃねぇか」

浮雲がにやっと笑いながら言った。

「え？」

「円心の首を持ち去った鬼だよ」

浮雲の言葉に隆盛が頷いた。

あのとき、鬼の面が祖母面であることを指摘したのは隆盛だった。だから、さっき祖母面が紛失していることを知っても、さほど驚かなかった。

「つまり、祖母面を盗んだ者が、円心さんを喰ったということですね」

「そうなるな。何にしても、色々と分かった。隆盛。邪魔したな」

浮雲は金剛杖を肩に担ぐと、外に向かって歩き始めた。それを、隆盛が呼び止める。

「それで、あなた様方は、どちらかにお出かけですか？」

「ああ。鬼の正体を突き止めるために、少しばかり調べておこうと思ってな」

「もう何もかもが手遅れになってしまいました……」

隆盛が目を細めた。

その様は、まるで自らの感情を押し殺しているように、遼太郎には見えた。仏に仕える身として、様々な想いを拭い去ろうとしているのかもしれない。

「そうかもしれんが、おれたちも、このままでは寝覚めが悪いからな」

「くれぐれも無理はなさらぬように」

「分かっている」

浮雲は、軽い調子で答えると、すたすたと歩みを進める。遼太郎も、その後を追いかけた。

境内を出る間際に振り返ると、隆盛は本堂に立ち合掌していた。

「隆盛さんは、これからどうするのでしょう？」

遼太郎が独り言のように呟くと、浮雲が「さあな」と突き放すように答えた。

弘真は鬼の面を被り、鬼になってしまった。円心は、鬼に喰われてしまった。隆盛だけが一人、この寺に残されることになった。

鬼によって隆盛が失ったものは、あまりに大きい。

七

歳三は、鬼の面を被った女を追って、夜の道を駆けた――。

気付かれないように、足音を忍ばせるようなことはしなかった。もし、鬼の面を被った女の正体が千代ならば、歳三に追われていることは気付いているはずだ。むしろ、歳三に気付かれるように振る舞っていた。

それが証に、鬼の面を被った女は、時折、振り返り、歳三を誘うように一定の間を保ちながら走っている。

やがて、鬼の面を被った女は、走るのを止めた。ちょうど、焼け落ちたあばら屋の前だった。

女は歳三の方に向き直る。

「やはり追ってきましたね」

そう言いながら、女は鬼の面を外した。その下から現われたのは、予想していた通り千代の顔だった。

左眼は隠さず、赤い瞳が月の光を反射している。

今にも消えてしまいそうな儚さを纏った美しさは、相変わらずだった。

「お前が導いたのだろ」

歳三が言うと、千代は口許を押さえてふふっと笑った。

一切の躊躇いなく人を殺める恐ろしい女のはずなのに、その笑みからは、どこか幼さを感じる。

「お前は、何がしたいんだ？　どうして、このあばら屋をおれに見せた？　自分の悲惨な過去を憐れんで欲しかったのか？」

このあばら屋に鬼が出るという噂を流したのは、間違いなく千代だ。歳三たちをここに導くために。

その上で建物に火を放った。煙に痺れ薬を混ぜるという用意周到さだった。だが、命を取ろうとしたわけではない。それが証拠に、殺せるはずの歳三を放置して、その場を離れた。

千代がそんなことをした理由として考えられるのは、一つしかない。

玄宗の口を通じて、このあばら屋で育った少女——つまり、千代自身の生い立ちを伝えたかったのだ。

だからこそ、こうして、再び歳三を焼け落ちたあばら屋の前に誘った。

目的は理解したが、歳三には、千代がこんな回りくどいことをした理由が分からなかった。

「やはり、あなたは甘いですね」

千代が赤く染まった左眼を、すっと細めた。

「甘い？」

「あなたは、大きな勘違いをしています」

「勘違いだと？」

「はい。私は、自らの生い立ちを憐れだとは思っていません」

「それは本心か?」

「ええ」

「おれは、そうは思わん」

「どうしてです?」

「お前は死にかけていた自分を拾い、育ててくれた中富夫婦に、感謝していたはずだ。のみならず、二人が与えてくれた愛情に、安らぎを覚えていたはずだ。このままの生活が続くと思っていた」

「…………」

「だが、そんな生活は長くは続かなかった。お前の赤い左眼のせいで、鬼だと虐げられた。そればかりか、中富夫婦が理不尽に命を落とすことになった。お前は、再び一人きりになってしまった」

「…………」

千代は、長い睫《まつげ》を伏せた。

その顔から、みるみる血の気が引いていくようだった。

「そんなお前を拾ったのが、蘆屋道雪なのだろう? お前は、生きていくために、蘆屋道雪の傀儡となり、暗殺者として生きるしかなかった」

「…………」

「今、お前がやっていることは、望んでいたことではないはずだ」

千代は、朝廷派と思われる陰陽師で暗殺者の蘆屋道雪の操り人形として、命じられるままに人を殺めてきた。

だが、それが、望んでの行いだとは、歳三には思えなかった。

川崎宿で出会ったとき、千代は歳三に「私と一緒に、ここから逃げて下さいますか？」と問うた。歳三を惑わすための戯れ言だとも受け取れるが、同時に、あれこそが本心だったような気がする。

千代は逃げたがっているのだ。

「今からでも遅くない。逃げればいい」

――おれと一緒に逃げよう。

そう言えばよかったのかもしれないが、歳三は、その言葉を発することができなかった。

千代は何も答えなかった。

顔を伏せているので、その表情は窺いしれない。ただ、長い沈黙のあと、千代の肩が小刻みに震え始めた。

泣いていると思ったのは、最初だけだった。

千代は――笑っていた。

声を押し殺し、肩を震わせながら、歳三を嘲るように笑っていた。

「存外に、人情派なのですね」

千代が歳三に顔を向けながら言った。

口許に笑みは浮かんでいたが、その目は深い闇に沈んでいるようだった。

「茶化すな」

「そんなつもりはありません。考えてもみて下さい。私を拾った夫婦は、親切心でそうしたわけではありません。あの夫婦は、子どもができなかった。だから、捨て子である私を、身代わりにしただけに過ぎません。そんな相手に感謝する必要がありますか?」

千代の言うような側面は、あったかもしれない。しかし、きっかけはそうであったというだけで、それが全てではないはずだ。

「お前を守ろうとしたではないか」

「あの二人は、善人ぶるのが好きだったのですよ。悲惨な様を演じることで、己の欲を満たしていたのです」

「歪んだ考えだな」

「そうでしょうか? 人というのは、そういうものでしょう。他人のために、労をいとわない者なんて、この世に一人もいません。皆、己の欲のために生きているのです。その形が違うだけで、皆、鬼なのですよ——」

千代が、そう言って真っ直ぐに歳三を見た。

その目は、語っていることが嘘偽りのない本心だと伝えていた。それ故に、怖いと感じた。

——見誤っていたのか?

いや、そうではない。千代が、好き好んで人殺しをしているとは、やはり思えなかった。

「自分を誤魔化すのは止めろ」

「誤魔化しているのは、あなたの方ではありませんか？」

「では、なぜ、おれたちを殺さなかった？」

先刻の一件に限らず、歳三を殺す機会はあった。だが、千代は、いつも寸前のところで手を引いてきたではないか。

「狩野遊山に、邪魔されたからに過ぎません」

千代が小さく首を左右に振る。

「狩野遊山の邪魔が入らなければ、おれを殺していたと？」

「もちろんです」

「自分に嘘を吐くな」

「嘘など吐いていません。私は、人の命を奪うことに、何の躊躇いもありません。相手が誰であれ同じです。あなたも、私と同類のはずでしょう？」

「おれが？」

「ご自分でも分かっているでしょう。あなたは、人を殺したくて堪らないのですよ。でも、つまらない考えに囚われて、自分を偽っているではありませんか」

胸の奥で、ざわっと何かが騒いだ。

それは、これまで歳三が抑えつけてきた欲求の群だったのかもしれない。

「何の話だ？」

「分かるでしょう。あなたの話をしているのです。あなたは、鬼のくせに、人間のふりをしている」

「…………」

打ち消そうとしたが、言葉が出てこなかった。

腹の底から、黒くぬらぬらとした何かが、せり上がってくるような気がした。

耳鳴りがして、手足に痺れるような違和を感じた。

「そうやって、自分を偽った先に、何があるのです？　さっさと鬼になればいいものを、いつまで人の面を被り続けるつもりですか？」

「お前に何が分かる？」

「分かりますよ。出会ったときから、あなたは、ずっと同じ目をしています。私と同じ、鬼の目です」

――鬼の目。

確かに、そうかもしれない。

千代の言うように、歳三は、ずっと己を偽り続けているのかもしれない。欲心を閉じ込め、人のふりをしているが、常に黒い感情が付き纏う。

浮雲と一緒にいれば、それを見て見ぬふりができると思っていた。

だが、それは自分を偽るものだ。千代といると、目を背けていた黒い感情を、眼前に突き付けられたような気分になる。

だから、千代といるとこうも心がかき乱されるのだ。

このまま、千代の言う通り、人の面を脱いでしまった方が、楽になるのかもしれない。そんな考えが頭を過った。

――いや。駄目だ。流されるな。

「結局、お前は何がしたい？　おれを殺すと言いながら、こうやって悠長に話をしている。おれの中に鬼が棲んでいるのと同じように、お前には、人としての心があるのではないか？」

歳三は、ずいっと千代に歩み寄る。

たったそれだけの動きなのに、やけに息苦しく感じられた。千代とのやり取りで、心が揺さぶられているせいだろう。

「まさか。私が、あなたを殺さないのは、少しばかり事情が変わったからです」

「事情？」

「蘆屋道雪様が、あなたをこちら側に引き入れた方が、都合がいいと判断したのです」

「おれを引き入れる？」

「はい。私たちと一緒に、行きませんか？」

千代が、流れるような動きで、すっと歳三に手を差し出した。

枯れ枝のように細い腕を目にして、刹那の迷いが生まれた。

このまま浮雲たちと一緒にいて、己の中にある暗い欲を封じながら生きて行くより、千代たちの許で、己の欲求を解き放った方が、自分らしく生きられるような気がした。

だが——。

「おれが、そんな誘いに、素直に応じると？」

「いいえ」

千代が、首を左右に振った。

「だったら……」

目が霞《かす》み、舌が痺れるようだった。

——これは。

「ようやくですか」

千代が、にっと口角を吊り上げて笑った。

歳三の身体に、嫌な感じが広がっていく。千代とのやり取りで、心を揺さぶられたせいで、気付くのが遅れた。

「毒を盛ったのか？」

「はい。あなたは、勘が鋭いですからね。気付かれないように、薄めた毒を盛らせて頂きました。そのせいで、毒の回りが遅かったのです」

つまり、このやり取りは、歳三の身体に毒が回るまでの待ちだったというわけか。心を揺さぶり、毒に気付かせないようにしていた……。

「いったいいつ……」

「鶴亀屋の喜三郎に頼んで、食事の中に毒を混ぜてもらいました」

「喜三郎が……」

身体に力が入らない。

歳三は、思わず地面に膝を突いた。

「子どもを喰らった鬼を、退治するためだと言ったら、喜んで力を貸してくれましたよ」

「くっ……」

歳三は、千代を睨み付ける。

いつの間にか千代の隣には、白い一本鬚《ひげ》を生やした、翁《おきな》の面を被った人物が立っていた。

面を取って顔を見ずとも分かる。

あれは、蘆屋道雪だ。

必死に抗《あらが》おうとした歳三だったが、その意に反して、意識が暗い闇の中に墜ちていった。

八

月が雲に隠れたせいで、自分の足元すらろくに見えなかった——。

円山応挙《まるやまおうきょ》の幽霊画に入り込んだような気分だ。

それほどまでに暗いというのに、浮雲は迷うことなく、すたすたと歩いて行く。遼太郎は、その背中を追いかけていた。

「それで、どこに行くつもりですか？」

遼太郎が訊ねると、浮雲はぴたりと足を止める。

急だったものだから、遼太郎は勢い余って浮雲の背中にぶつかってしまった。

「どこに目をつけている？」

浮雲が、呆れたようにぼさぼさの髪を掻き回す。

「急に立ち止まらないで下さい」

「話しかけたのは、お前だろうが」

それはそうなのだが、何だか釈然としない。言い返そうかと思ったが、止めておいた。口で浮雲に勝てるはずがないのだ。

「すみませんでした。それで、どこに向かっているのですか？」

「何だ？　お前は知らずについて来たのか？」

浮雲の両眼を覆った赤い布に描かれた、墨の眼が遼太郎を見据える。不気味なその視線に、思わず息を呑む。

「教えてくれなかったではありませんか」

遼太郎が言い募ると、浮雲は「それもそうか」と顎を撫でる。

「で、どこに行くのですか？」

「すぐそこだ」

浮雲は、金剛杖ですうっと前方を指し示した。

ちょうど、月を隠していた雲が流れ、薄明かりの中に佇む、古い家屋が目に入った。

「あれは？」

遼太郎の問いに答えることなく、浮雲はずんずんと歩みを進め、家屋の前に立った。

家屋の外には、手入れの行き届いた農具が並んでいて、大きな荷車なども置いてあった。

浮雲は、別に珍しくもない道具を、丹念に見て回る。特に、荷車に興味を持ったらしく、積んである藁《わら》などを摑んで、臭いを嗅いでみたりする。

こんな風に勝手に見て回っていて、家の人に見つかったら大変だ。

「あの――いったい何をしているのですか？」

遼太郎は、声をかけてみたのだが、やはり浮雲は返事をしない。

家の周囲を見て回ることに飽きたのか、今度は家屋の戸を、どんどんと無造作に叩き始めた。

「頼もう」

まるで、道場破りにでも来たかのような調子だ。

「ちょっと浮雲さん」

遼太郎が止めようとしたところで、すっと戸が開き、五十がらみの男が顔を出した。腰丈の着物に、股引《ももひき》という姿だった。

「このような刻限に、何の御用でしょう？」

声の調子から、すっかり怯《おび》えているのが分かる。

浮雲の異様な風体が、余計にそうさせているに違いない。

「すまんな。実は、滝川寺のことで、少しばかり訊きたいことがある」

「寺のこと……ですか？」

「そうだ。少しいいか？」

「いや、しかし……」

「安心しろ。取って喰おうってわけじゃない」

浮雲は、戸口に立った男を押しのけるようにして、家屋の中に入ってしまった。

――何と強引な。

遼太郎は、迷いはしたが、このまま突っ立っているわけにもいかず、浮雲の後に続いて中に入った。

「あの、うちには、金になるようなものは何も……」

この男は、遼太郎たちのことを、盗人《ぬすっと》と思い込んでいるらしい。

まあ、そう思われても仕方ない。

「そう用心するな。おれは、盗賊じゃねぇ。見ての通り、憑きもの落としだ。名を浮雲という」

「つ、憑きもの落とし――」

男は、余計に混乱してしまったようで、声の震えが大きくなった。

「江戸では、その名を知らぬ人はいないほど、高名な先生でいらっしゃいます」

遼太郎はそう言い添える。歳三が、よく使っている方便を真似《まね》たのだ。

効果覿面《こうかてきめん》だったらしく、男は「そんな偉い先生が、いったい何のご用で？」と声の調子を変えて言った。

「その前に、お前の名は何という？」

浮雲がぬっと首を突き出すようにして訊ねる。

非礼な態度ではあるが、それを問い質したところで、浮雲は言うことなど聞きはしないだろう。

「へ、平三といいます」

平三は、身体を仰《の》け反《ぞ》らすようにしながら答えた。

「平三。実は、おれは滝川寺の住職の隆盛から、鬼退治を頼まれていてな」

浮雲が、金剛杖を肩に担ぎながら言った。

「ああ。昨今、巷《ちまた》を騒がせているようですね。もう何人も喰われているとか……」

「そうだ。つい先刻、滝川寺の円心という小僧が鬼に喰われた」

「円心さんが喰われた……それは真《まこと》でございますか？」

「ああ」

「何と！」

平三が驚きの声を上げるのと同時に、ガタッと物音がした。遼太郎は、慌てて周囲に目を配ったが、何もなかった。風で戸が揺れただけかもしれない。

「そこで、お前に訊きたいことがある」

「私にお答えできることであれば……」

「ここ最近、この近辺で怪しい者を見なかったか？」

この問いで、ようやく浮雲が、何をしに来たのか分かった。

浮雲は、鬼の行方を突き止めるために、近隣に訊いて回るつもりのようだ。

「いえ。見ていませんね。なにぶん、こんな山の中ですから、怪しいどころか、余所者《よそもの》がいれば、すぐに気付きます」

平三の言う通りだろう。

人気《ひとけ》のあまりない場所だ。見慣れない人が歩いていれば、それだけで目立つ。

「鬼は、滝川寺にいるという噂があったようだが、それについては、何か知っているか？」

「根も葉もない噂です。滝川寺に、本当に鬼がいるのでしたら、私どもが真っ先に喰われていますよ」

平三は、首を振る。

「そうか？　滝川寺の弘真という小僧は、鬼の面を被って正気を失ったというが」

「そんなことまで……」

平三は、がっくりと肩を落とした。

「知っていることを話せ」

「そう言われましても、私も、詳しいことは知らないのです。ただ、弘真さんが誤って鬼の面を被ってしまい、正気を失ったという話を聞いただけでして……」

「怖くはないのか？」

「蔵にある牢に閉じ込められているようですから、別に怖いということはありません」

「そうか。奥にいるのはお前の子か？　そちらにも話を聞きたい」

浮雲が、閉ざされた襖に、墨で描かれた眼を向けた。

遼太郎は、気付かなかったが、浮雲はこの家にいるのが、平三だけではないと察しているらしい。

ここで遼太郎は、円心が近くに平三と、その娘のお雪が住んでいると言っていたことを思い出した。

「もう寝ています」

「起こせばいい」

「いえ、そういうことでは……」

無造作に襖を開けようとした浮雲を、平三が慌てて止めに入る。

あまりに常識のない浮雲にも非はあるが、平三の頑《かたく》なさも、どうにもおかしい。二人がすったもんだをしていると、襖が開き女が顔を出した。

やはり鬼塚に、手を合わせていた女だった。

「お雪。起きていたのか」

平三が言うと、お雪はこくりと頷いた。

「声が聞こえたものですから」

そう言って、お雪は笑みを浮かべてみせた。だが、それは、酷く沈んだものだった。

「すまんな。お前にも、話を聞きたい」

浮雲は、お雪にずいっと顔を近付ける。

「円心さんが、鬼に喰われたというのは、本当のことでございますか？」

お雪は、落ち着いた調子で訊ねた。

浮雲が「ああ」と応じると、お雪はふうっと長いため息を吐いた。

「こんなことが起こらぬように、鬼塚に手を合わせていたのですが……」

――そういうことだったのか。

お雪は、鬼を鎮めるために、あの場所に、足を運んでいたのだろう。もしかしたら、鬼が次に狙っているのが、円心だと分かっていたのかもしれない。

「同じ問いになるが、お前は、この辺りで不審な者を見かけたりはしなかったか？」

浮雲が改めて訊ねると、お雪は「実は――」と語り始めた。

「このところ、この近辺をうろついている、怪しい者がおりました」

「どんな奴だ？」

浮雲が訊ねると、お雪は首を左右に振った。

「すみません。私には見えませんので、それがどんな人相なのかは分かりません」

「それなのに、どうして怪しい者がいたと分かるのですか？」

遼太郎が疑問をぶつけると、お雪はこちらに顔を向けた。

「音で分かります。声をかけたのですが、何も言わずに、逃げるように立ち去って行きました。そういうことが、何度かありました」

「そうですか」

浮雲とは違い、お雪は本当に見えていないようだ。

「平三。お前はその怪しい者を見ていないのか？」

浮雲が訊ねると、平三は困ったように眉を下げた。

「いえ。私は……」

「そうか。では、もう一つ訊いていいか？」

浮雲は、尖った顎に手をやる。薄い唇に、にっと笑みが浮かんだ。

「何でございましょう？」

「この家にいるのは、お前たち二人だけか？」

「はい」

「そうか。分かった。邪魔したな」

浮雲は、金剛杖を肩から下ろすと、踵を返して出て行ってしまった。

遼太郎は、平三とお雪に会釈してから後を追いかけた。

「お雪さんが会ったという、怪しい者は、鬼だったのでしょうか？」

そう訊ねると、浮雲は関心なさそうに「さあな」と呟き、空に浮かぶ月を見上げた――。

九

ひた――。

ひた――。

鈍い光を放つ包丁の先から、赤い血が滴り落ちていた。

月の明かりを受けた血の雫《しずく》は、それ自体が発光しているように見える。

――綺麗だな。

包丁を持ったまま、歳三はぼんやりとそんなことを思った。

「よ、止せ……止めろ……」

引き攣《つ》った声が、歳三の耳に届いた。

顔を向けると、腹から血を流した半裸の男が、尻餅をついていた。必死にその場から逃げようと、手足をじたばたさせているが、男の身体は少しも移動していなかった。

――ああ。そうか。

歳三は、自分がこの男を刺したのだと、今さらのように思い出す。

「な、頼む……止めてくれ……」

男は、血の気の引いた顔で懇願する。

この男が、何をそんなに恐れているのか、歳三には分からなかった。この男が言ったはずだ。

悪いことをしたら、殺してもいいんだ――と。

その理屈に沿えば、歳三は、この男を殺していいことになる。自分が殺される側になることも承知の上での言葉だったはずなのに、どうして、こんなにも怯えているのだろう?

歳三が、歩み寄るほどに、男の顔が強張《こわば》っていく。

――何がそんなに怖いのだろう？

分からない。分からないが、とにかく、この男の声が耳障りだった。一刻も早く、消してしまいたい。

喉に包丁を突き立てれば、もう喋らなくなるはずだ。

歳三は、男の前に屈み込むと、迷うことなく包丁の切っ先を男の喉元に差し込んだ。

最初は皮膚の抵抗があったが、ぷつっとそれを破ってしまうと、するすると包丁の刃が男の喉に入っていく。

まるで、吸い込まれていくようだった。

包丁の柄を通して伝わるその感触が、とても心地よかった。

男が、手足をめちゃくちゃに動かしながら暴れた。そのせいで、せっかく刺した包丁が抜けてしまった。

びゅっと噴き出た血が、歳三の顔にかかった。

体内から噴出したばかりの血は、思っていたより、ずっと温かかった。

鉄臭いその臭いも、芳しいと感じた。

男は、噴き出る血を押さえようと、必死にもがいていた。その姿は、水に溺れる蟻《あり》のようで滑稽だった。

次第に、男の身体から力が抜けていく。

その目から生気が抜ける瞬間、男は最期の力を振り絞って口を開いた。

「バラガキめ……」

そう言って、男は事切れた。

――ああ。そうか。

これは、目の前で起きていることではない。幼い頃の歳三が見たものだ。初めて自分の手で人を殺したときの記憶。

それに気付くのと同時に、歳三は意識を取り戻した。

土蔵のような場所だった。

行灯が一つ点いているだけの薄暗い場所で、かび臭く、空気は湿気に満ちていた。両手首には、枷《かせ》が嵌められていて、動かすことができない。

身体を起こすと、頭にずんずんと響くような痛みが走った。

その痛みによって、歳三は自分の身に何が起きたのかを思い出した。

鶴亀屋にいたときに、千代の姿を見つけ、不用意にも一人でそれを追いかけた。薬を盛られていることにも気付かず、こうして捕らわれたというわけだ。

「お目覚めのようですね」

闇の中に嗄れた声が響いた。

どうやら、部屋の中で、じっと歳三のことを見ていた者がいるらしい。

薬で頭がぼんやりしているとはいえ、気取らせることがなかったのだから、只者ではないだろう。

それに、この声には聞き覚えがある。

「蘆屋道雪か」

歳三が闇に向かって言うと、ふっと笑い声が漏れた。

それと同時に、一段闇が深くなっている場所から、小柄な人影が薄暗がりに歩み出てきた。一本鬚を生やした翁の面を被っている。

やはり蘆屋道雪だ。

蘆屋道満《どうまん》の子孫を名乗り、様々な呪いの道具を作り、それによって破滅していく人々の姿を見て、愉しみを覚える呪術師。

そして――。

蘆屋道雪は浮雲の血縁者らしい。それを証明するように、浮雲と同じく死者の魂――幽霊を見ることができる赤い眼を持っている。

浮雲が、京の都へ旅をしているのは、まさに蘆屋道雪との因縁に決着をつけるために他ならない。

「自ら、こうして出てくるとは、思いませんでした」

これまで、蘆屋道雪は、ほとんど表に出てくることがなかった。

旅の途中でも、幾度となく蘆屋道雪の仕組んだ仕掛けに遭遇することになったが、実際に動いていたのは、その傀儡である千代だった。

「あなたと、少し話をしたいと思ったのですよ」

蘆屋道雪は、笑みを含んだ声で言うと、ゆっくりと歳三の前に歩み出た。

翁の面を被り、背中を丸め、嗄れた声で喋ってはいるが、それに騙されてはいけない。蘆屋道雪は、好々爺《こうこうや》を演じているに過ぎないのだ。

「私と、何を話すと言うのです？」

「そうですね――手短に言うと、あなたをお誘いしようと思いましてね」

蘆屋道雪の声音が、老人のそれから、若い女のものへと変貌した。

「誘う？」

「はい。どうですか？　私と一緒にこちら側に来ませんか？」

蘆屋道雪は、ゆっくりと翁の面を外した。

人形のように白く、整った女の顔が現われる。ひ弱で、大人しそうに見えるが、見せかけに過ぎないことを歳三は知っていた。

十

「次は、どこに向かうのですか？」

平三たちに話を聞いたあと、てっきり寺に戻るのかと思っていたが、浮雲は逆の方角に向かって歩き出した。

別の場所に話を聞きに行くつもりかもしれないが、夜の時間だし、応対してくれる人がそれほど多いとは思えない。

「歳と合流すんだよ」

浮雲は、金剛杖を肩に担ぎながら言う。

「ああ」

そういうことかと納得する。

これまで歳三たちとは分かれて行動していた。一度顔を合わせて、寺でのことについて、話をしようというわけだ。

歳三は、浮雲とは異なる見地を持っている。話をすることで、見えてくることもあるだろう。

ただ、そうなると浮雲が此度の一件をどう捉えているのかが気にかかった。

「浮雲さんは、どのように考えているのですか？」

「曖昧な聞き方だな」

確かに、あまりに大雑把な問いだった。

「すみません……。浮雲さんは、鬼はいると思いますか？」

「いる」

浮雲は即答した。

「いますか？」

「ああ。ただ、おれが言っているのは、妖怪としての鬼の話ではない」

「と言うと？」

「そうだな。言うなれば、ここだ」

浮雲が足を止めて、遼太郎の胸を指で突いた。

「どういうことですか？」

「鬼は人の心に棲んでいるということだ」

「棲んでいますか？」

「そうだ。お前も、無論おれも、心の中に鬼を宿している」

「それって、つまりは、人の心の欲のようなもの――ということでしょうか？」

「まあ、そんなところだ。だが、それが、欲だと分かっているうちは、欲のままだ。悪いことだと自分で分かるから、踏みとどまることができる」

「そうかもしれません」

「但し、これに小理屈を捏ねて、己の欲を欲として認めなくなったとき、人は鬼になるのさ」

まるで禅問答のようなやり取りになってしまった。

浮雲が今言ったことを、他人に説くことはできないが、遼太郎の中に、妙に納得する部分があった。

政に関わる多くの者たちが、浮雲の言う鬼だったのかもしれない。

本当は、己の欲によって動いているのに、「日の本のため」という大義名分で覆い隠してしまう。そうやって、自分自身が欲だと認識しなくなることで抑えを失い、何かに憑かれたように、人の道を外れていく。

まさに鬼というわけだ。

そういう意味では、才谷だけは、そうした者たちとは、大きく異なっているように思う。

少し話をしただけだが、才谷は己の欲ではなく、本当に日の本のことを憂えている。だからこそ、あれほどまでに、真っ直ぐなのだろう。

などと考えていると、浮雲が突然、腰を落として金剛杖を構えた。

――何だ？

遼太郎は、まごつきながらも、息を殺して耳を澄ます。

微かではあるが、誰かがこちらに向かって駆けて来る足音がする。提灯の明かりはない。夜道を明かりも持たずに走っているというのはおかしい。

遼太郎も身構えつつ、闇の中を凝視していると、薄《うつす》らとではあるが、走って来る人の姿が見えた。

刀を持っているように見える。

――刺客か？

張り詰める遼太郎とは逆に、浮雲は「紛らわしい」と舌打ちをしつつ、金剛杖を肩に担いでため息を吐いた。

どうして急に警戒を止めてしまったのか？　疑念を抱いた遼太郎だったが、すぐにその答えが分かった。

走って来る人影は、宗次郎だったのだ。

遼太郎たちの前で足を止めた宗次郎は、両膝に手を突いて、はあはあと息を切らしている。よほど、慌てていたようだ。

「宗次郎か。どうした？　ずいぶんと慌てているじゃねぇか」

浮雲が問うと、宗次郎は顔を上げた。

いつも飄々《ひょうひょう》としている宗次郎の顔が強張っていたことで、只ならぬことが起きているのだということを察した。

「どうしたも、こうしたもねぇ。土方さんがいなくなったんだよ」

「いなくなった？」

遼太郎は、浮雲と顔を見合わせる。

「おれが寝ている間に、姿が消えちまったんだ。笈は置きっ放しだったから、すぐに戻って来ると思っていたのに、いくら待っても帰って来ない」

「別にいちいち騒ぐことじゃねぇだろ。歳なら、たいていのことは自分で何とかする」

浮雲の言う通りだと思う。

歳三は、薬の行商人を名乗ってはいるが、剣の腕が滅法強い。おまけに頭も切れるので、易々とどうこうなる人ではない。

「で、でも……」

「女でも漁《あさ》ってんじゃねぇのか？」

「浮雲さんではないんですから、それはありませんよ」

遼太郎は、思わず口を挟んだ。

「まるで、おれが女の尻ばかり追いかけているみたいな言いようじゃないか」

「事実、追いかけているじゃないですか」

浮雲が女に目がないのは、短い旅の間でも充分過ぎるほどに分かっている。それに比べて、歳三は堅実で真面目な男だ。

「何だと？」

浮雲が遼太郎にずいっと顔を近付け、墨で描かれた眼で睨んでくる。

「遼太郎の言う通り、土方さんは女に現《うつつ》を抜かすような人じゃない。それに、今はそんなことを言っている場合じゃない」

宗次郎が、きっぱりと言う。

まさにその通りだ。宗次郎の慌て方からして、単に出かけているのではなく、歳三に何かあったと考える理由があるはずだ。

遼太郎がそのことを問うと、宗次郎はより一層、険しい表情を浮かべた。

「あいつが――狩野遊山が関わっているのかもしれない」

宗次郎が発した途端、浮雲の表情が一変した。纏っている空気さえも、一気に変貌したように感じる。

それは、遼太郎も同じだった。

狩野遊山が関わっているのだとすると、いくら歳三といえども、無事では済まないかもしれない。

「奴に会ったのか？」

浮雲が訊ねると、宗次郎がコクリと頷いた。

十一

「私に、あなたの手先になれと？」

歳三は、目の前にいる女――蘆屋道雪を見据えながら訊き返した。

薄暗いせいだろうか。蘆屋道雪の赤い両眼は、浮雲のそれよりも、深みがあるように見えた。

「手先とは少し違いますね」

蘆屋道雪が顎に指を当て、小首を傾げる。

「どう違うのです？」

「あなたを傀儡にしようなんて思っていませんよ。あなたを手懐《てなず》けることなど、できませんから」

「…………」

「あなたは、私と同じ鬼なのですよ」

蘆屋道雪が浮かべた笑みは、美しくも淫靡《いんび》なものだった。

「一緒にして欲しくありませんね」

歳三が拒絶の言葉を投げると、蘆屋道雪はそれを待っていたかのように、満足げに目を細めた。

「一緒ではありませんか。私もあなたも、ただ、人の仮面を被っているに過ぎません。中身は鬼なのですよ」

「何が言いたいのです？」

「そのままの意味ですよ。あなたは、必死に自分を偽っている。その姿は、憐れでなりません。早く欲望に任せて鬼になればいいものを。どんなに抗っても、心根の部分では、私とあなたは同類なのです」

言っていることは、めちゃくちゃなのだが、どうもこの女が話すと、理に適《かな》っているように思えてしまう。

眼差しのせいか？　或《あ》いは、その語り口のせいか？

いずれにせよ、呑まれてはいけない。もし、呑まれれば、それこそ鬼になる。

「人を傀儡として扱う外道に同類と言われるのは心外です」

「千代のことを言っているのですか？」

蘆屋道雪の赤い眼から放たれる冷たさが、より一層増したように感じる。

視線を向けられているだけで、身体の芯から凍り付いていくようだ。

「そうです。あなたは、育ての親を失い、途方に暮れていた千代を利用し、己の傀儡としたではありませんか」

千代はかつて、自らのことを傀儡だと言った。

自分の意思を持たず、ただ言われるがままに、暗殺に手を染める。千代が、最初からそうだったとは思えない。そんな風にしたのは、他でもない蘆屋道雪のはずだ。自由を奪い、心を殺し、都合のいい傀儡に仕立て上げた。

もし、千代が育ての親である、中富夫婦の許にずっといることができたなら、もっとまし な生活があったに違いない。

「思い違いしないように言っておきますが、千代は望んで傀儡になったのです」

「何を莫迦なことを……」

好き好んで、暗殺の道具になる人間などいるはずがない。

「あなたは、千代のことを何も分かっていない。あの女は、最初から自分の意思がなかったのです。誰かに決めてもらわなければ、何一つできないのですよ。考えることを、自分で生きることを、拒んでいるのです」

「そんなはずは……」

「本当にないと言い切れますか？」

「……」

「あの女には、いいも悪いもない。あなたのような欲望もない。何もない空っぽなのですよ。人形と同じです」

「……」

「放っておけば、一日中ぼんやりとして過ごすでしょう。食べることも、寝ることもせず、そのまま死んでいく。そういう女なのです。だから、私が意味を与えてあげたのです。存在する意味を」

「そんなものは、人の生き方ではない！」

歳三は、強く言い放った。

真実、そう思ったからではない。そうしなければ、蘆屋道雪の言葉に、流されてしまいそうだったからだ。

「何も分かっていませんね」

「何がです？」

「千代に限ったことではありません。人は皆、自分で生き方を決めることなどできないのです。不満があったとしても、それを呑み込み、先頭の誰かに付き従うのです。それが、正しいとか、間違えているとかは、どうでもいいのです。ただ、決められた通りに生きるのが、人という生き物です」

「戯れ言を――」

「本当に戯れ言ですか？　では、なぜ、徳川の世が二百五十年余も続いているのです？　今の世に満足していない人間が、ほとんどだというのに、それを壊そうとしなかったのは、なぜですか？」

すぐに言い返すことができなかった。

徳川に限らず、いつの世も、農民を始めとした庶民たちは、虐げられ、搾取され続けてきた。

そこに不満を抱えながら、黙って従ってきた歴史があるのは事実だ。

望まぬ世の中だと不平を並べながらも、それを変えようとはしないし、抗おうともしない。ただ、黙ってそれに従う。

蘆屋道雪の言う通り、それが人の性なのかもしれない。

――流されるな！

歳三は自らを叱咤《しった》する。こんな風に考えたのでは、蘆屋道雪の思う壺だ。

「話をすり替えないで下さい。千代と政とは違います」

歳三が言うと、蘆屋道雪は「同じですよ」と再び笑った。

「千代も、同じなのです。たとえ、それが自分を虐げる道であるとしても、多くの者は、誰かに決められた道を、歩むことしかできないのです」

「あなたは、その道を与えただけだと？」

「そうです」

「ふざけるな。与えるなら、もっとまっとうな道があったはずです。人の道に外れた道など……」

「まさか、あなたの口から、人の道――などという言葉が出てくるとは、思いもしませんでしたね」

「何？」

「あなた自身が、とっくに人の道を外れているでしょう」

蘆屋道雪は、声を低くして歳三に耳打ちをした。

生暖かい息が耳を掠め、ぞわっと総毛立つのを感じた。

「おれは……」

蘆屋道雪が歳三の唇に人差し指を当て、先の言葉を封じた。

「知っていますよ。あなたは、幼い頃に奉公先の主人を殺しましたよね。理由もなく、ただ、胸の奥にある欲望に任せて、その命を奪ったではありませんか。それは、人の道なのですか？」

歳三が奉公先の主人を殺したことは、誰も知らないはずだ。あの一件は、主人と女中が痴情のもつれの末に心中したということで落ち着いた。

歳三自身、誰にも言っていないはずなのに、どうしてそのことを知っている？

「なぜ、知っているのかって顔をしていますね。教えてあげましょう――」

蘆屋道雪は、歳三の唇から指を離すと、正面に立ち、じっと赤い両眼を向けてきた。

こちらが、答えを待つような間を置いてから、蘆屋道雪は話を続ける。

「私のこの眼は、あなたたちが浮雲と呼んでいる男と、同じものが見えるのです。だから、分かるのですよ」

「…………」

「奉公先の主人が、あなたに憑いていますから。殺された恨みを抱えたまま、ずっと」

――そういうことだったのか。

浮雲と同じように、死者の魂――幽霊が見える蘆屋道雪は、歳三に憑依している奉公先の主人から、話を聞いたということなのだろう。

あの男は、未だに殺された恨みを抱え、歳三に付き纏っているということらしい。

蘆屋道雪が、歳三の過去を知っていたカラクリは分かった。

だが、そうだとしたら、浮雲にも同じものが見えていたということになる。しかし、浮雲はそんなことは一言も言っていなかった。知っていながら、敢えて黙っているのか？　だとしたらなぜ？

浮雲は、ずっと歳三を欺き続けていたということか？　そうやって、歳三を見下していたのだろうか？

考えるほどに、歳三は手足が冷たくなっていく気がした。

「あの男――浮雲は、なぜそのことを、自分に言わなかったのか？　そう思っているようですね」

蘆屋道雪は、またしても歳三の考えを見透かしていた。

「訳を知っているのか？」

「ええ。あの男は、愚かにも、それを優しさだと思っているのです」

「優しさ……」

「そうです。見ないふりをして、何事もなかったかのように振る舞う。でも、それは、優しさでも何でもない。ただ目を背けているだけ。逃げているのです」

――そうかもしれない。

いや駄目だ。信じるな。蘆屋道雪の言葉は、歳三を惑わすために放たれたものだ。何か言い返そうと思うのだが、言葉が出てこなかった。

蘆屋道雪が、ぐいっと歳三の顎を摑み、赤い眼で見据える。

「今、言ったことは、何も人に限ったことではありません。徳川の世も同じです。人々は皆、目を背けているのです。そうすれば、平穏が保たれると信じている」

「…………」

「これまでは、それで良かったかもしれません。しかし、この先は、そうはいきません。時代が動いてしまったのです」

「…………」

「だから、誰かが真実を伝え、道を示さなければなりません」

「あなたがそれをやると？」

「まさか。私はそんな器ではありません」

「では、なぜ？」

「面白いからですよ」

蘆屋道雪が、ふふっと柔らかい笑みを浮かべた。

「面白い？」

「そう。人が悩み、苦しみ、迷い、壊れていく様は、実に面白いと思いませんか？　私はそれを見ていたい。だから、朝廷側の暗殺者として動いているのですよ」

「そんなことのために、多くの人の命を奪ってきたというのか？」

「あなたに、私を責める資格があるとお思いですか？」

「…………」

「あなたは、己の欲に従い人を殺しているではありませんか。私と同類なのです」

——この女は、何を言っているのだ？

「そんなもの……」

「おや。迷いが生まれましたね」

「迷いなど……」

「隠しても駄目です。私には見えていますから。己の欲のために人を殺したあなたと、己の楽しみのために他人を弄ぶ私と、いったい何が違うのです？」

「…………」

——何も違わない。

自分とこの女は、同類なのかもしれない。不覚にも、そんな考えが浮かんでしまった。

打ち消そうとしたが、一度、自分の中から生まれてしまった考えは、消そうとするほどに、大きくなっていくような気がした。

「ああ。とてもいい目になりましたね」

蘆屋道雪が、慈しむように歳三の顔を指先でなぞる。

「…………」

「でも、まだ迷いがありますね。私が、きっかけを与えてあげます」

蘆屋道雪は、そう言うと歳三に唇を重ねた。

何かを含んでいたらしく、歳三の口に生温い液体が流れ込んでくる。

舌に痺れるような刺激があった。

——拙《まず》い。

苦みを持ったその液体を吐き出そうと、もがいたが、蘆屋道雪に口を塞がれていて、できなかった。

上手く呼吸《いき》ができない。

意識が遠のき、視界がどんどん狭《せば》まっていく。

苦しいはずだが、同時に、何かから解き放たれたような不思議な思いに包まれていった——。

第三章

一

「なるほど――」

浮雲は、顎に手をやりながら呟いた。

遼太郎たちは、一度、宗次郎たちが泊まっている鶴亀屋に足を運び、歳三が姿を消すまでの経緯を詳しく聞くことになった。

宗次郎によると、歳三たちもまた、町医者の玄宗と鶴亀屋の亭主である喜三郎から話を聞き、鬼にまつわる怪異を追っていたらしい。

その中で、川崎宿で出会った千代という女に襲われ、さらには狩野遊山にも遭遇したということだった。

別々に行動していた間に、大変な目に遭っていたようだ。

「滝川寺に出たのと同じ鬼なのでしょうか？」

遼太郎が訊ねると、浮雲は唇の片端を吊り上げて苦い顔をした。何か答えるかと思ったのだが、その表情のまま固まっている。

同じとも、違うとも言えない微妙な心持ちなのだろう。

「その言い方だと、お前たちも、鬼を追っていたのか？」

訊ねてきたのは、宗次郎だった。

遼太郎が、歳三たちが何をしていたのか知らないように、宗次郎も同じく、こちらが何をしていたのかは知らない。

遼太郎は、滝川寺で起きたことについて、宗次郎に語って聞かせることになった。

色々と思うところはあるが、余計な解釈を挟めば、あらぬ誤解を与えることになるので、事実だけを語るに留めた。

「そりゃ同じ鬼に違いない！」

遼太郎が話を終えるなり、宗次郎が興奮したように声を上げた。

「今、それを決めてしまうのは得策ではありません」

遼太郎は窘めるように言った。逸《はや》る気持ちは遼太郎も同じだが、こういうときにこそ、冷静に振る舞わなければならない。

「何言ってんだ。さっき自分だって、同じ鬼だって言っていたじゃないか」

宗次郎が口をへの字に曲げながら言い募る。

「それは……」

そこを衝かれると痛い。

「もう、どっちだっていい。土方さんは、きっと鬼に攫われたんだ。早く鬼をとっ捕まえに行こう！」

立ち上がって、今にも飛び出して行きそうな宗次郎の着物の裾を、浮雲が引っ張った。

「まあ待て」

「待ってなんかいられるか。土方さんが、喰われちまうかもしれないんだぞ」

宗次郎は、ずいぶんと取り乱している。

普段から幼い子どものようなところのある宗次郎だが、それにしても、ここまで冷静さを欠くのは珍しいことだ。

宗次郎にとって、歳三はそれだけ大切な存在ということだろう。

「お前、本気で歳が鬼に喰われると思っているのか？」

浮雲が暗い声で訊ねた。

「そ、それは……」

「歳はそんな柔じゃねぇ。そのことは、お前もよく知っているだろ」

「でも……」

「でもも、ヘチマもあるか。仮に鬼の仕業だったとしても、肝心の鬼がどこにいるのか分からないんだ。飛び出していっても、何もできんだろ」

浮雲の言う通りだ。何も分からない状態で、闇雲に捜し回ったところで、歳三を見つけることは困難だ。

「ぐっ……」

「大丈夫だ。歳は、鬼なんかに喰われたりしねぇよ」

浮雲が、にっと笑みを浮かべながら言った。

「そうだな」

宗次郎も、切り替えができたらしく、力強く頷いてみせた。

「浮雲さんは、土方さんがいなくなったのは、鬼の仕業だと思いますか？」

場が落ち着いたところで、遼太郎はその問いを投げかけてみた。

なぜ、歳三は姿を消したのか？　滝川寺の鬼と、宗次郎たちが追っている鬼は、同じものなのか？　そして、鬼は今どこにいるのか？

それらの謎を紐解《ひもと》くことが、歳三の居場所を突き止める手掛かりになると思ったからだ。

「残念だが、今は何も分からん。宗次郎の言うように、鬼の仕業とも考えられるが、狩野遊山や蘆屋道雪まで絡んでいるようだ。一筋縄にはいかんだろうな」

浮雲の言う通りだ。

鬼が人を喰うという怪異だけでなく、狩野遊山や蘆屋道雪の影がちらついているとなると、事態はより複雑になっているような気がする。

「何か手掛かりはないのでしょうか？」

「まあ、状況から考えて、歳は自分の足で部屋を出ているのは間違いない」

「どうして、そう思うのですか？」

「もし、部屋にいたのを無理に拐かされたのだとしたら、さすがに宗次郎も気付いただろうし、宿の連中が気付かないはずがない」

「土方さんが、自分の足で部屋を出たのだとしたら、どうして宗次郎さんに声をかけなかったのでしょう？」

遼太郎には、そこが分からない。

何も言わずに出て行くというのが、どうにも解せない。宗次郎が寝ていたとしたら、書き置きなり、宿の主人に言伝なりすれば良かったのだ。

「それに関しては、心当たりがないわけじゃない」

浮雲が顎をさすりながら言う。

「え？」

「歳は、あの女のことになると見境がなくなるからな……」

「それはいったいどういう意味ですか？」

さらに問いを重ねた遼太郎だったが、浮雲がそれを制した。

「まあ待て。もうすぐ手掛かりがやってくる」

浮雲は、にやっと笑ってみせたが、遼太郎には意味が分からなかった。手掛かりの方が、独りでに歩いてくるはずもないのだ。宗次郎も同じことを考えたらしく、困ったように眉を下げている。

そうこうしているうちに、誰かが階段を上ってくる足音が聞こえてきた。

宗次郎は、その音に素早く反応して傍らに置いた木刀を手に取る。遼太郎も、腰を浮かせて警戒した。

襖の前で足音が止まる。次いで、すっと襖が開いた。

そこにいたのは才谷だった。

「才谷さん」

「おう。ずいぶんと辛気くさい顔をしているな」

才谷の快活な声が、部屋の中の空気を入れ替えてしまったような気がする。

「実は色々とありまして」

遼太郎が言うと、才谷は尋常ならざる事態が起きていることを察したらしく、「何があった？」と訊ねてきた。

そこで、これまでの経緯を伝えようとした遼太郎だったが、才谷の背後に、もう一人立っていることに気付いて口を噤んだ。

才谷の背後にいた人物が、すっと遼太郎の前に歩み出た。

女だった――。

花魁《おいらん》のような、艶《あで》やかな着物を着て、化粧を施し、妖艶な空気を纏った美しい女――。

「あなたが遼太郎さんですね。お初《はつ》にお目にかかります。私のことは、玉藻《たまも》とお呼び下さい」

女は、その場に正座をすると、三つ指を突いて綺麗な所作で頭を下げた。

甘い香りがふわっと舞う。

「玉藻さん……」

遼太郎は、その美しさに見惚《と》れてしまった。

「お主、鼻の下が伸びているぞ」

才谷に指摘され、遼太郎は慌てて顔を引き締めた。

「あの、この方はいったい……」

「つい先ほど、才谷さんと、ばったり出会《でくわ》しましてね。それで、こうして足を運んだというわけです」

玉藻は、ちらっと才谷に目をやる。

才谷は腕組みをしながら、うんうんと頷いてみせる。

「何がばったりだ。嘘吐きが。遼太郎、気を付けろよ。そいつは男を惑わす女狐《めぎつね》だ」

浮雲が、吐き捨てるように言った。

この口ぶりからして、浮雲も、この玉藻という女を知っているようだ。

「あら。女狐とは、ずいぶんな言い方じゃありませんか。せっかく、耳よりな話を持って来てあげたというのに」

すっと目を細めた玉藻は、より美しさを増したように見える。

「そうだぞ。浮雲。美しい女には、毒があるのが当たり前だ。それを皿ごと喰らうくらいの覚悟がなきゃ、男がすたるってもんだ」

才谷が、かっかっかっ——と声を上げて笑った。

——いやいや。話が逸れている。

遼太郎が訊きたかったのは、玉藻が何者かということだ。

やり取りから察するに、浮雲や才谷と知り合いのようだ。宗次郎も、特に驚く素振りを見せていないので、知り人ではあるのだろう。

「あの……」

遼太郎が、おずおずと口にすると、浮雲がふうっとため息を吐いた。

「玉藻は、見ての通りの遊女だ」

「えっ？」

遊女なのだとしたら、こんな風に、一人で外の世界を出歩けるはずがない。もしかして、逃げて来たのだろうか？

「まあ、あまり深く考えるな。こいつも、お前と同じ訳ありだってことだ」

浮雲が退屈そうにあくびをしながら言った。

二

——ここは、どこだ？

歳三が気付くと、いつの間にか河原に立っていた。

辺りに草木はなく、小石が敷き詰められていて、荒涼としていた。周囲に明かりがないせいか、流れる水が墨汁のように黒く見える。

ところどころに、石が積み上げられ、小さな山ができていた。

まるで賽《さい》の河原のような光景だ。

——おれは死んだのか？

蘆屋道雪に捕らわれ、禅問答のようなやり取りをしていたところまでは覚えている。

だが、いくら見回しても蘆屋道雪の姿はない。

手枷を嵌められ、両手が拘束されていたのだが、今は自由が利く。

——解き放たれたということか？

いや、それはない。蘆屋道雪に限って、一度捕らえた歳三を、訳もなく解き放ったりはしないはずだ。

歳三が、手枷を解かれて河原にいるのには、何かしらの狙いがあるはずだ。

いずれにしても、こんなところに突っ立っていても仕方ない。場所を移した方がいいのだが、どこに向かえばいいのか分からない。

辺りを見回していると、鈍い光を放つものを見つけた。

それは——刀だった。

一本の刀が、河原に突き立ててある。

歳三は、その刀に歩みより、柄に手をかけて引き抜いた。

少し重いが、柄はしっくりと手に馴染む。

鈍い光を放つ刀身は、見ているだけで心が冷たくなっていくようだった。

「いい刀だ」

歳三が、呟くように言ったところで、背後に立つ人の気配を感じた。

素早く身を翻すと、そこには額から二本の角を突き出した鬼が立っていた。正しくは、鬼の面を被った人だ。

手には刀を握っている。

面を被っていても、その奥にある目に、殺気が宿っているのが伝わってきた。

体格からして、蘆屋道雪や千代ではない。おそらくは男だ。もしや、蘆屋道雪が放った刺客なのかもしれない。

「あなたは……」

歳三の言葉を遮るように、鬼の面を被った男が、上段の構えから袈裟懸けに斬りかかってきた。

寸前のところで躱したが、少しでも遅れていたら、間違いなく内臓をぶちまけていただろう。

構えからして、闇雲に刀を振り回すだけの破落戸ではないことが分かる。鍛錬を積んだ手練《てだ》れだ。

加減をしている余裕はない。

少しでも気を抜けば、こちらがやられる。

歳三は、刀を構えて鬼の面を被った男と対峙《たいじ》した。

「刀を収めてはもらえませんか？　無益な殺生はしたくありません」

歳三の言葉に、聞く耳を持たず、鬼の面の男は、再び刀を振り下ろして来た。

何とか、斬り結ぶ。

――速い。そして重い。

鬼の面の男は、相当な腕力の持ち主だ。手に痺れるような感触があった。

斬り結んだまま、ぐいぐいと刀を押し込んで来る。

「えいっ！」

歳三は、かけ声とともに刀を弾《はじ》き返し、そのままの流れで、鬼の面の男の胴を薙《な》いだ。

といっても、峰打ちだ。

肋骨《ろっこつ》が砕ける音がした。

男は、刀を持ったままバタリと倒れた。

死にはしないだろうが、しばらくは動くことすらできないだろう。

「あなたは、何者ですか？　なぜ、私に刃《やいば》を向けるのですか？」

歳三が問うと、鬼の面の男はむくりと起き上がった。

骨が折れる音を確かに聞いた。それなのに、まるで何事もなかったかのように、再び、歳三に斬りかかって来る。

さっきまでより、数段速くなっている。

歳三は、何とか刀で捌《さば》くが、そうするほどに、鬼の面の男の動きは激しさを増していく。

——息が切れる。

完全に押されている。

何とか、反撃に打って出ようとしたところで、河原の砂利に足を取られ、体勢を崩してしまった。

歳三の脳天に向かって、刀が襲いかかって来る。

腹の底で、黒い虫がざわっと動いた。

それは、みるみる全身を駆け巡り、歳三の血を沸騰させる。

歳三は意識せぬまま体勢を立て直すと、男を逆袈裟に斬り上げた。

皮膚が裂け、どばっと噴き出た血が、歳三の顔に降りかかる。

鬼の面の男は、そのまま仰向けに倒れて動かなくなった。

——斬ってしまった。

その実感が、歳三の中に広がっていく。

浮雲に出会ってから、人を殺さないようにしてきたが、その一線を越えてしまった。

不思議と後悔の念は湧かなかった。

罪の意識が生まれるかと思っていたのだが、歳三の心は凪《な》いでいた。想像していたのより、ずっとあっけないものだった。

こんなことなら、もっと早く殺しておけばよかった——とすら思った。

と、背後で殺気を感じた。

飛び跳ねるようにして後退るのと同時に、さっきまで歳三がいた場所に、刀が振り下ろされる。

「もう一人いたか」

またしても、鬼の面を被った男がいた。

新たに現われた鬼の面の男の纏う覇気は、さっき斬った男とは、段違いだった。

歳三は、一旦、距離を置こうとしたのだが、新たな鬼の面の男は、それを逃がすまいと、歳三に斬りかかって来る。

「こいつっ……」

――もう迷ってはいられない。

歳三は、その刀を躱しながら、真っ向に男を斬り付けた。

鬼の面の男は、歳三の刀を避けようと、身体を引いたが、一歩遅かった。

被っていた鬼の面が真っ二つに割れた。顕《あら》わになった顔を見て、歳三は絶句した。

浮雲だった。

額から血を流し、浮雲がゆっくりと倒れる。

――なぜだ？　なぜ、浮雲が……。おれは、浮雲を殺してしまったのか？

惑乱して、頭がおかしくなりそうだった。

――どうしてこうなった？

問いかけてみたが、誰も答えを返してはくれなかった。

歳三は、振り返って、先ほど斬り捨てた鬼の面の男に目を向けた。刀の切っ先で、その面を剥ぐ。

その下から現われたのは、遼太郎の顔だった。

二人を斬ったのか？　そもそも、どうして、二人は歳三に襲いかかって来たのだ？

「おれは……」

呟いたところで、ざっと砂利を踏む音がした。

顔を上げると、いつの間にか、鬼の面を被った幾人もの男たちに囲まれていた。皆、刀を手にして、殺気を放っている。

心が揺れ動きかき乱される歳三だったが、腹の底で蠢く虫たちが囁《ささや》いた。

――全て斬り捨てろ！

頭の奥で誰かが叫んだ。それは、もはや抗うことのできない衝動だった。

三

才谷と玉藻が現われたことで、歳三が行方知れずになっていることを、改めて宗次郎が説明することになった。

才谷は、よほど信じられなかったのか、「何だとっ！」と、腰を浮かして驚きの声を上げる。

玉藻の方は、薄い笑みを浮かべただけで、何かを口にすることはなかった。

「いずれにしても、歳を見つけるためにも、鬼の正体を突き止める必要がある――というわけだ」

浮雲が神妙な顔つきで、そう付け加える。

「ふむ。そうだな」

才谷は、腰を落ち着かせて腕組みをしながら、うんうんと頷く。

「それで梅さんに頼んでおいたことは、調べられたか？」

浮雲が訊ねる。

才谷は浮雲に幾つか調べるように頼まれ、滝川寺を出た。何を調べていたのかは分からないが、目処《めど》が立ったから、こうやって合流するために鶴亀屋に足を運んだのだろう。

「ああ。頼まれたことは、だいたい分かった。まず、円心を拐かそうとした破落戸だが、朝霧《あさぎり》組の連中だ。博打《ばくち》や盗みなんかをやっている盗賊崩れみたいな奴らだな」

「それで？」

「居酒屋で、色々話を聞いているときに、偶々、破落戸の一人を見つけてな。それで、跡をつけようとしたんだが、途中で気付かれちまった」

才谷は、自分の失態を笑いながら、額をペチンと叩いた。

「梅さんのことだ。みすみす逃がしたわけじゃないだろ？」

浮雲が墨で描かれた眼を向けると、才谷がにっと笑みを浮かべながら頷いた。

「ああ。どうせ、バレちまったなら仕方ないってことで、逃げようとしたその破落戸をふん捕まえて、ちょいと締め上げてやった」

「何か吐いたか？」

「ああ。連中が円心を拐かそうとしたのは、人に頼まれてのことだったらしい」

隆盛の話では、破落戸は宿場町に鬼が出るのは、滝川寺のせいだと考え、嫌がらせとして円心を拐かそうとしたとのことだった。

しかし、才谷の話が正しいとすると、彼らは明確な目的を持って円心を連れ去ろうとしたということになる。

「話がだいぶ変わってきますね。そもそも、いったい誰がそんなことを」

遼太郎が口にすると、才谷が「うむ」と難しい顔で唸った。

「それが、連中もよく分からないらしいんだ」

「分からない？」

「ああ。何でも、文《ふみ》で頼まれたらしい。滝川寺の小僧を拐かせと。前金が添えてあって、引き渡した後に、残りを渡すという手筈《てはず》になっていたそうだ。しかも、ご丁寧に襲う場所の指定までしてあったらしい」

「素性も知れない人からの頼みで、人を拐かそうとするなんて、いくら何でも……」

「自分の考えで判断するな」

浮雲が遼太郎の言葉を遮った。

「え？」

「世の中の連中は、皆、お前のように思慮深いわけじゃない。今日、酒を呑む金が欲しくて、人を殺す奴らだっている。それをやったら、どういうことになるかなんて、考えもしない連中は山のようにいるんだよ」

「しかし……」

「己を律することができず、欲に溺れるのもまた人だ。それほどまでに、切羽詰まっているってことだ」

「そうかもしれませんね……」

頷くより他なかった。

浮雲の言う通りだ。世の中、誰もが後先を考えながら動いているわけではない。一時の欲に流され、取り返しのつかないことをしてしまうのも、また人なのだ。

それこそ、いけないと分かっていながら、鬼の面を被ってしまったようなものだ。

特に生活に困窮した者たちからすれば、明日のことを考える余裕すらない。今、金が手に入るなら、何だってやるだろう。

「世知辛いが、そういうものかもしれんな。日の本の今後を憂うなら、そうした民衆のことも考えなければならないな。彼らからすれば、誰が上に立っていようと、生活は大して変わらんのだからな」

才谷がしかめっ面で言った。

その言葉を聞き、遼太郎は身につまされる思いだった。

「まあ、いずれにしても、破落戸連中は、雇い主が、なぜ円心を拐かそうとしたのかも、分かっていないってわけだ」

浮雲が咳払《せきばら》いをしてから、話を本筋に戻した。才谷が「そのようだ」と応じた。新たな事実は分かったものの、歳三の行方を摑む手掛かりにはならなそうだ。

しばらく沈黙が続いたのだが、それを打ち破るように、玉藻がふふふっと笑った。

その場にいる全員の目が、玉藻に向けられる。

「何がおかしい？」

浮雲が、墨で描かれた眼を、睨むように玉藻に向けた。

「四人の男が、難しい顔で黙り込んでいる様を見ていたら、何だか笑えてきたんですよ」

玉藻は袖で口許を押さえながら、再びふふふっと笑った。

「女狐が」

「ずいぶんな言いようですね。そんなだから、すぐに女に愛想を尽かされるんですよ」

「余計なお世話だ。邪魔をするなら、さっさと帰れ」

浮雲は手を払ったが、玉藻は動かなかった。

「本当に帰ってもよろしいのですか？」

「何？」

「私が、何の用もなく、わざわざ足を運んだと思っているのですか？」

もったいをつけるような言い回しだが、苛立ちは感じなかった。むしろ、それが様になっている。

だが、浮雲にはお気に召さなかったらしい。

「まどろっこしい。知っていることがあるなら、さっさと言いやがれ」

浮雲が舌打ちをする。

「相変わらず、せっかちね。本来なら、相応の報酬を貰いたいところだけど、今回は、遼太郎さんに免じて、特別に教えてあげるわ」

「え？」

――なぜ私？

玉藻と会うのは、今日が初めてのはずだ。遼太郎の戸惑いなどお構いなしに、玉藻は話を続ける。

「滝川寺の小僧――円心には、狙われる訳があったのよ」

「そんなものは分かっている。その理由で引っかかっているんだ」

「もう。本当にせっかちね。それを今から話すのよ。円心が狙われていたのは、私怨ではないわ。複雑に絡み合った政が関わっているの。特に、彼の出自が大きな要因ね。ここまで言えば、分かるかしら？」

浮雲は、「そういうことか」とため息を吐いた。

もちろん、今の話で遼太郎も、円心がなぜ狙われていたのか得心した。才谷も、宗次郎も頷いている。

「つまり、円心はどこぞの落胤《らくいん》だったたってわけだ」

浮雲が言うと、玉藻は切れ長の目を細めて、満足そうに頷いた。

「そうよ。円心は、滝川寺の小僧として、身分を偽って暮らしていたのよ」

落胤とは、身分の高い男が、正妻以外の身分の低い女に産ませた子どものことだ。

平時であれば、大して見向きもされないのだろうが、黒船の来航以来、権勢争いが激化している昨今では、そうはいかない。

落胤を擁立し、権勢を握ろうとする者もいるだろうし、反対に、邪魔になる前に消してしまおうという者もいる。いずれにしても、円心の持つ血に意味が生まれ、本人の意思とは関係なく、政の駒として扱われてしまう。

遼太郎は、円心の境遇に同情を覚えたものの、もう全てが手遅れだ。

円心は鬼に喰われて死んだ。

——いや、違う。

「円心が、落胤で命を狙われていたのだとしたら、鬼に喰われたのではなく、此度のことは、何者かの計略かもしれませんね」

それが、遼太郎の考えだった。

偶然、円心が鬼に喰われたというのは、あまりにでき過ぎている。鬼の仕業と見せかけ、何者かが邪魔になる円心を始末したと考える方が自然だ。

「私も、同じことを考えていました。さすが、遼太郎さんですね——」

玉藻が、しなだれるように身体を寄せながら言う。

甘い香りがして、頭がくらくらする。

遼太郎は、それに惑わされまいと、首を左右に振って気を取り直す。

「いえ。私などは……」

「謙遜なさることはありません。あなた様の噂は、兼々伺っていましたから」

玉藻の言葉に、心の臓が跳ねる。

薄々は感じていたが、やはり玉藻は遼太郎のことを知っている。いったいどこまで知っているのか？

「私のどんな噂を知っているのですか？」

遼太郎は恐さを感じながらも訊き返した。玉藻は、赤い唇に妖しい笑みを浮かべてみせる。

「敢えて詳しくは申し上げません。ただ、私は一橋《ひとつばし》家に近しい方と懇意にさせて頂いております。そのことをご承知おき下さい」

玉藻は、より身体を近付けて囁く。

遼太郎は、驚きのあまり固まってしまった。今、玉藻は一橋の名前を出した。つまり、遼太郎の正体を知っていることを暗示している。

——この女は何者だ？

「おい。遼太郎をあんまりからかうんじゃねぇよ」

浮雲が、墨で描かれた眼で玉藻を見据えながら舌打ちをする。

「からかうなんて、滅相もない。ただ、噂通りのお人だと感心していたのですよ」

「な、何が言いたいのですか？」

遼太郎が訊き返すと、玉藻は「そのうち分かります」とはぐらかしてしまった。

四

歳三が袈裟懸けに斬り付けると、血飛沫《ちしぶき》を上げながら鬼の面の男が倒れた――。

鬼の面が割れ、現われたのは、奉公先の主人の顔だった。

歳三が、幼い頃に殺した男だ。

考える間もなく、次の鬼の面の男が襲いかかって来る。

くるりと身を翻しながら、首を刎《は》ねる。地面に転がった生首の鬼の面が割れる。

今度は、歳三の義兄の顔だった。

歳三が斬っているのは、皆、見知った者たちばかりだった。

最初は、そのことに戸惑いもしたが、次第に感情は麻痺していき、もう何も感じなくなっていた。

いや、そうではない。知った顔の人たちを斬るほどに、歳三の身体が、心が、軽くなっていくように感じる。

やがて、歳三の足許には、累々と骸が積み上げられた。

「何という有様だ――」

一際大きな声がして、大柄な鬼の面の男が、歳三の前に立ち塞がった。

この声は、どこかで聞いたことがある。

歳三の考えを見透かしたかのように、大柄な男は、被っていた鬼の面を自ら外した。

その下から現われたのは——天然理心流試衛館の近藤勇の顔だった。

「近藤さん」

これには、流石に歳三も驚いた。

だが、すぐにぞわぞわっと、黒い感情が這い上がってくる。

近藤とは幾度となく剣を交えたことがある。だが、それは道場の稽古で、竹刀を用いたものだった。

「あなたとは、いつか、本気で斬り合いたいと思っていたのですよ」

自然と声が漏れた。

近藤という男は、決して歳三と本気で立ち合うことはなかった。歳三が、真剣を持ち出し、本気で斬りかかったとしても、笑ってやり過ごす——そういう男だ。

だからこそ、こうして真剣でやり合えることに歓喜した。

「お前は、もはや人ではない。おれが、ひと思いに斬ってやる」

「それはありがたい」

歳三は刀の柄を握り直して、近藤と対峙した。

近藤もまた、刀を構える。

そこから互いに、微動だにしなかった。

動くことができなかった。

勝負は一瞬だ――。

間合いを測りながら、相手に呼吸を合わせる。

肌が焼けるように熱かった。

そうだ。これだ――。

おれが求めていたのは、この感覚だ――。

これまで、自分の中にある、人を殺すことへの渇望から目を逸らしていた。見て見ぬふりをしてきた。誤魔化しながら生きてきたからこそ、心の中にぽっかりと穴が空いていたのだ。

だが、今は違う。

己の欲求に身を任せ、刀を振るうことが、こんなにも心地いいとは思わなかった。

――おれは、人殺しなのだ。

近藤と見合ったまま、どれくらいの刻が経っただろう。

からんっと小石が転がる。

それが合図になった。

近藤が、真っ向に歳三に斬り付けて来る。

受けて凌いだのでは、弾き飛ばされる。かといって、退いたり、躱したりすれば、隙を生むことになる。

近藤は、これまで斬った者たちとは違う。

――ならば。

歳三は、大きく踏み込み、間合いを詰めた。

近藤の刀が、左の肩口に振り下ろされ、肉を裂き、骨を砕く。

しかし――。

歳三もまた、逆袈裟に近藤の脇を斬り上げた。

近藤が血を吐き、ゆっくりと倒れる。

――勝った。

近藤を打ち倒した歓喜に震えたものの、それは一瞬のことだった。

歳三の肩口の大量の出血から、目眩《めまい》を覚えた。近藤の刀は、歳三の動脈を切断していた。立っていることもままならず、歳三はその場に膝を突いてしまった。

刀を地面に突き立て、何とか突っ伏すのは免れたが、意識が朦朧《もうろう》としてきた。

おそらく、このまま死ぬのだろう。

だが、それでいい。心の底に眠る黒い欲望を解放し、人を斬って、斬って、斬りまくった。

――こういう死に方をしたかったのだ。

内心で呟いたところで、誰かに呼ばれた気がした。

顔を上げると、そこには一人の女が立っていた。

美しくはあるが、布で左眼を隠した女――。

「千代……」

歳三がその名を呼ぶと、千代は屈むようにして、顔を覗き込んで来た。

「やはり、あなたは鬼になったのですね」

千代が囁くように言った。

「ああ。そうだ」

歳三は、掠れた声で答えた。

千代は最初から分かっていた。歳三が、どんな男なのか、その本性を見抜いていた。

心の底では人を殺したいと渇望していたにもかかわらず、そこから目を背けながら生きていたからこそ、歳三のことを「怯えた狼《おおかみ》」と言ったのだ。

「あなたは、もう戻れない」

「分かっている」

歳三は、横たわる骸の山に目を向けた。

これだけ殺しまくったのだ。今までのように生きることはできない。歳三は、人ではなくなった。

ただ、もうそれもどうでもいい。

歳三は、このまま息絶える。

死んで無になる。

「私は、怯えた狼の方が好きでした……」

千代が、歳三の耳許で囁いた。

――どういう意味だ？

訊ねようとしたが、それができなかった。

歳三は、意識を保つことができず、その場に突っ伏すように倒れた。

――。

――。


そのまま、死んだのだと思っていた。

しかし、歳三は突っ伏したまま目を覚ました。

近藤に斬られたはずの肩には、少しも痛みがなかった。触れてみたが、血も出ていない。

ゆっくり身体を起こすと、暗い部屋の中にいた。

辺りを見回してみたが、歳三が斬ったはずの骸は、一つも見当たらなかった。

――どういうことだ？

その答えはすぐに見つかった。

歳三は、蘆屋道雪によって捕らわれ、口の中に液体を流し込まれた。それは、おそらく強い幻覚作用のあるものだったのだろう。

つまり、歳三が河原で人を斬ったのは、現実ではなく幻だったというわけだ。

――本当にそうか？

起きたことは、幻かもしれないが、歳三が望んで人を斬ったのは、紛れもない事実だ。

たとえ、実際に人が死んでいなかったとしても、心の内に湧き上がった欲求と、辿り着いた境地は覆らない。

ゆらゆらと立ち上がった歳三は、足許に紙切れが落ちていることに気付いた。

あの場所でお待ちしています　千代

紙片には、そう綴《つづ》られていた。

五

遼太郎は、窓から見える月を、ぼんやりと眺めていた。

才谷や玉藻によって、新たに分かったことはあるが、それが、どういう繫がりを見せるのか判然としなかった。

何より、歳三の消息を摑むための手掛かりが得られていない。

てっきり、みんなで歳三の行方を捜しに行くのかと思っていたのだが、浮雲は、待つしかなかろう――と、横になって寝てしまった。

才谷は、しばらく玉藻と酒を吞みながら、日の本の行く末について、熱く言葉を交わしていたのだが、気付くと座ったまま眠りに落ちていた。

玉藻は、それを見計らったように、部屋を出て行ったまま戻って来ていない。

最初は歳三を捜すと意気込んでいた宗次郎も、疲れてしまったのか、いつの間にかすやすやと寝息を立てていた。

遼太郎だけが起きていたが、だからといってできることがあるわけではない。

青い月を眺めていると、ふと父の顔が浮かんだ。

父が遼太郎に大きな期待を寄せていたのは知っている。だが、それは、子どもを想う親の愛情からではなかった。

駒として、どの程度、役に立つのかを見定めているに過ぎなかった。

円心もまた、同じだったのだろうか？

落胤として生まれたことで、その血に意味が生まれてしまった。利用しようとする者、排除しようとする者。そうした者たちに挟まれ、円心はどういう想いだったのだろう？

平素であれば、あのまま小僧として暮らすこともできたかもしれない。しかし、今は激動の時代だ。

多くの者が円心に群がったことだろう。

血筋によって、期待を背負わされ、付け狙われる。逃げ道のない中で、何を思い、何を考えたのだろう。

遼太郎のように、逃げたいと思ったことはないのだろうか？

ただ、今になってそれを考えたところで、さほど意味はない。円心は死んでしまったのだから。

などと考えているうちに、うつらうつらとしてきた。

眠ってはいけない。そう思うほどに、どういうわけか頭の中がぼうっとしてくる。

遼太郎は、眠気を追い払おうと目を擦った。

ぼやけた光景の向こうに、人の姿が見えた。柳の木の傍らに、一人の少年が立っていた。

暗いせいか、首から上が見えなかった。

ぼんやりとしたその人影が、遼太郎に向かって、手招きをする。

――呼んでいるのか？

困惑しながらも、遼太郎はゆっくり腰を上げた。

感覚でしかないが、あれは生きた人間ではないと分かった。おそらくは、既に死んでいる人
――つまり幽霊だ。

あの幽霊は、まるで何かを訴えかけようとしているみたいだった。

「浮雲さん」

自分で見たものを確かめようとして、遼太郎は浮雲の肩を揺さぶった。

浮雲は、眠そうにしながらも、「何だ？」と訊き返してくる。

「外に幽霊らしき人影が……」

「そうか」

浮雲は、そう答えると、寝返りを打ってしまった。

「いや、そうかって。幽霊ですよ」

「そりゃいるだろう。別に驚くことじゃねぇだろうが」

「いや、そうですけど……」

浮雲は、むにゃむにゃと口を動かしたあと、ぐうぐうと鼾をかき始めた。これは駄目だ。仕方ない。自分で確かめるより他ない。

遼太郎は、部屋を出て外に向かった。

不思議と怖さは感じなかった。これまで、浮雲との旅の中で、様々な幽霊に出会ってきた。

それまで幽霊というのは、生前の恨みから、生きた人間を呪うものだと思っていた。だが、実際はそうではない。幽霊は、命を落としながらも、この世に未練を残し、彷徨っている憐れな存在なのだ。生きているか、死んでいるかの違いだけで、自分たちと同じように感情を持っている。

そのことを知ったからこそ、怖さよりも、どうにかしてやりたいという気持ちの方が強く働いた。

宿の外に出ると、柳の木のすぐ脇に少年の姿がまだあった。

相変わらず、首から上は暗くて見えない。いや、そうではない。ないのだ。あの幽霊には、首から上がない。だから見えないのだ。

もしかしたら、滝川寺で見た幽霊かと思ったが、多分、違うだろう。

首から上がないので顔で判別することはできないが、着物も違うし、背格好も異なっている。

鬼に喰われた別の少年の幽霊なのかもしれない。

「君は、どうして彷徨っているんだ?」

遼太郎が訊ねる。

――生き返れない。

幼い声が遼太郎の耳に聞こえた。いや違う。これは、音として耳に届いたのではなく、頭の中に直接語りかけてくる。

「君は、生き返りたいのか?」

――違う。生き返れない。

「どういうことだ?」

――だから、もうやめて。

「君は……」

遼太郎は、さらに問いを重ねようとしたが、その前に少年の幽霊は、闇に溶けるように消えてしまった。

あの少年は、いったい何を訴えようとしていたのだろう? 遼太郎は、さっきまで少年の幽霊が立っていたところに歩み寄る。

そこにあった柳の木を見上げたところで、首にすっと冷たさを感じた。

恐怖からではない。

何か冷たいものが、遼太郎の首筋に当てられたのだ。

「動かない方がよろしいですよ」

耳許で声がした。

抑揚のない、女の声だった。

遼太郎の背後に女が立ち、首筋に小刀の刃を宛がっている。少しでも動けば、首の血管が綺麗に切断され、瞬く間に命が尽きるだろう。

「あなたは、何者ですか？」

遼太郎は身体を硬直させながらも、絞り出すように訊ねた。

「私ですか？　私は、蘆屋道雪と申します。名前くらい、聞いたことがあるのではありませんか？」

確かに、その名は耳にしたことがある。

蘆屋道満の子孫を騙《かた》る陰陽師で、朝廷に仕えながら、これまで様々な暗殺に関与してきたとされ、恐れられてきた人物だ。

「どうして、このような場所に？」

「驚いて泣き喚《わめ》くのではなく、平静を保っていられるとは、噂通りの人物のようですね。徳川慶喜様――」

「私の名を知っているのですか？」

「もちろんです。そうでなければ、お声がけしませんよ」

蘆屋道雪が、遼太郎の耳許で囁く。

遼太郎の素性を知っているということは、朝廷は遼太郎を暗殺しようと目論《もくろ》んでいるということのようだ。

「私を殺すのですか？」

「はい」

蘆屋道雪の返事に、喜びの感情が交じったのが分かった。

人を殺すことに、喜びを感じるとは、尋常ならざる心を持っているのだろう。

「何のために？」

「それは、私の関与するところではありません。私は、頼まれた仕事をこなすだけですから」

「…………」

「ただ、少しばかり事情が変わりました。あなたを殺すことにかわりはありません。しかし、せっかくなので、楽しもうとは思っています」

蘆屋道雪が何を企《たくら》んでいるのかは不明だが、口ぶりからして、すぐに遼太郎を殺すというわけではなさそうだ。

だとしたら、まだ活路はある。

蘆屋道雪が相当な手練れであることは間違いないが、女であるなら、力では負けないはずだ。

ほんの一瞬でもいい。この女から離れ、声を出すことができれば、浮雲、才谷、宗次郎が、遼太郎の置かれた有様に気付いてくれる。

「いったい、何を楽しむというのですか？」

「さて、何だと思います？」

「全てが、あなたの思い通りになると思わない方がいい」

「どういう意味ですか？」

「私が、一人でのこのこと出て来たとでも？　罠にかかったのは、あなたの方なのです」

――はったりだった。

だが、蘆屋道雪はほんの一瞬だけ、遼太郎から気を逸らして辺りを見回した。

その隙を逃さず、遼太郎は素早く身を翻し、蘆屋道雪を突き飛ばした。

そのまま声を上げようとしたのだが、できなかった。首筋に宛がわれていた小刀は、気付けば遼太郎の喉元に突き付けられていた。

叫べば、そのまま小刀で喉を貫かれる。

「残念でしたね。あなたの目論見など、お見通しなのですよ」

蘆屋道雪が、笑いを堪えるような調子で言った。

このとき、初めて蘆屋道雪と対峙したが、その眼は、浮雲と同じように、真っ赤に染まっていた。

「その眼は……」

同じ赤い眼をしているということは、浮雲と蘆屋道雪とは、縁者なのかもしれない。

浮雲は、因縁を断ち切るために、京へと旅をしていると言っていた。それは、もしかしたら、蘆屋道雪との間にあるものなのかもしれない。

「この眼が、そんなに珍しいですか？　あなたは、既に同じ眼を見ているはずですが」

「いいえ。同じではありません」

遼太郎はきっぱりと言った。

「ほう。それは、どういう意味ですか？」

「あなたの眼は血に染まっています。しかし、浮雲さんの眼はそうじゃない。血に塗れた人を救おうとしています」

遼太郎が言うと、蘆屋道雪は声を上げて笑った。

「面白いことを言う人ですね。そういう綺麗事を口にする人は、嫌いではありませんよ。でも、あなたは、どう足掻いても死ぬのです」

「あなたは、また己の手を血に染めるのですか？」

「いいえ。殺すのは私ではありません」

「え？」

「鬼です」

「鬼――」

「どの鬼が、あなたを殺すのかは、分かりませんけど」

女の意味深長な言葉と共に、首筋にチクリと刺すような痛みが走った。

それと同時に、目の前がどんどん闇に呑まれ、ついには、何も見えなくなっていた――。

六

歳三は、焼け落ちたあばら屋の前に立っていた。

千代が残した紙片には、「あの場所でお待ちしています」と書かれていた。

あの場所がどこを指すのか、はっきりとは書かれていなかったが、歳三は迷わずにこのあばら屋を選んだ。

かつて千代が育ったこの家以外に、思い付く場所がなかった。

しかし——。

本当に来てよかったのか？　その問いが頭に浮かぶ。書付《かきつけ》は千代からのものだったが、あの女が、話をするために歳三を呼び出すとは考えられない。何かしらの罠が仕掛けてあるはずだ。

——そうと分かっていながら、どうして一人で来た？

耳の裏で声がした。

それは、おそらく、自分自身の心の声だ。

罠が仕掛けてあるのであれば、一度、宗次郎や浮雲たちと落ち合うべきだ。それが分かっていながら、歳三は敢えて一人で来た。

千代との決着は、一人でつけなければならない。その思いが、歳三を突き動かしていた。

なぜかは分からないし、分かる必要もない。

「千代。いるのだろう？」

歳三は、月明かりを頼りに足を踏み出した。

だが、返ってくる声はなかった。そもそも人の気配すら感じない。場所を間違えたのだろうか？

歳三は、あばら家のあった場所に足を踏み入れる。

屋根や柱は崩れ落ちてはいたが、土間の竈などはまだ残っていた。

土間の隅に目を向けると、焦げ付いた幾本もの刃物が落ちているのを見つけた。確か、ここには道具箱のような物が置いてあった。炎で道具箱が焼け、中に入っていた刃物が残されたということだろう。

包丁などとは、明らかに形状が違っている。太かったり、細かったり、大小様々な刃物だった。

歳三は、その一つを手に取り目を凝らす。

柄の部分が焼けたことで、中に納まっていた中子の部分が顕わになっていた。

指でなぞると、中子に銘が彫ってあることに気付いた。歳三は、指で擦り煤を払う。そこに現われた名前を見て、ぎょっとした。

——まさか！

驚きが歳三の中に広がり、身体を震わせた。

いや。待て。歳三は自分を戒める。

中子の銘だけで、全てを決めつけてしまうのは、早計過ぎる。そもそも、あの人が鬼になる事情など、どこにもないではないか。

——私とあなたは同類なのです。

耳の裏で、蘆屋道雪の声がした。

慌てて振り返ったが、そこに人の姿はなかった。記憶の中の言葉を、今まさに囁かれているように感じたようだ。

歳三は、あの人には鬼になる事情がないと考えたが、本当にそうだろうか？　それは、単にそうであって欲しいという願望なのではないのか？　そうやって、目を背けているに過ぎないのではないか？

これは、何も此度のことに限ったことではない。

これまでも、歳三は、見ないようにしていた。聞かないようにしていた。自分が信じたいものだけを信じていた。

そうすることで、人であろうとしていた。本当は、鬼だというのに、そうやって、誤魔化しながら生きていた。

「おれは……」

呟いたところで、砂を踏む音がした。

はっと身体を向けると、そこには深編笠を被った虚無僧の姿があった。

顔など確かめなくても、放たれる禍々《まがまが》しい気で、それが誰なのかすぐに察しがついた。

「狩野遊山」

歳三が、その名を呼ぶと、狩野遊山は、ゆっくりと深編笠を脱いだ。

結わえていない長い髪が、風に揺れる。

顔に張り付いた笑みは、歌舞伎の女形のように、妖艶で美しく、人を魅《ひ》きつける。

「こんなところで、何をしているのです？」

歳三は、訊ねつつも素早く目を走らせる。

蘆屋道雪に拐かされたときに、仕込み杖を奪われてしまった。狩野遊山は、徒手で立ち合えるような生易しい相手ではない。

仮に刀を手にしていたとしても、生き延びるのが僅かに増す程度だろう。それほどまでに、歳三と狩野遊山との間には、力の開きがある。

「そう警戒する必要はありません。あなたの首を取ろうというわけではありません」

狩野遊山が目を細める。

「その言葉を、そのまま信じろと？」

現に、狩野遊山の手には、鞘に納まった刀が握られている。

歳三の見ているものに気付いたのか、狩野遊山は「ああ」と、小さく声を漏らす。

「この刀は、あなたに差し上げようと思ったのです」

「何の話ですか？」

「今のあなたには、刃引きの刀よりも、こっちの方が必要だと思いましてね」

狩野遊山は、そう言うと刀を歳三に投げて寄こした。

歳三は、戸惑いつつも刀を受け取った。よく使い込まれていて、柄が手に馴染む。鞘から少し引き抜いてみると、鋼の刃が薄い光を放つ。

「今ここで私と斬り合いをする――ということですか？」

歳三が問うと、狩野遊山は声を上げて笑った。

「そのつもりはありません。現に、私は刀を持っていません」

確かに、歳三に刀を渡したことで、狩野遊山は無手《むて》の状態だ。狩野遊山が、武器を持っていないのだとすると、流石に歳三に分がある。

だからこそ、分からない。

「いったい、何のつもりですか？」

「それについては、先ほどもお話ししました。あなたには、今、それが必要だと思ったので、お渡ししたまでです」

「敵に武器を渡して、自分が斬られないとでも？」

歳三は鞘から刀を引き抜き、狩野遊山に向かって構えた。

「私は、あなたの敵ではありません。それは、あなたも分かっているのではありませんか？」

「これまで、散々、他人の命を狙ってきた男が言うことですか？」

「命を狙うだなんて。ほんの戯れではありませんか」

「あれを戯れだと言うのですか……」

「あなたが、私を斬りたいというのなら、どうぞご自由に。ただ、あなたが今、斬るべき相手は私ではありません」

「…………」

「鬼――でしょう？」

狩野遊山はそう言うと、歳三に背中を向けてしまった。

斬りかかることもできた。そうすべきなのだろう。これまで、数多の命を奪ってきた狩野遊山を、今なら仕留めることができる。

それが分かっているのに、歳三は刀を構えたまま動くことができなかった。

分かってしまったのだ。狩野遊山の言う通り、今、歳三が斬るべきは、鬼なのだ——と。

七

——もう止めて。

遼太郎の耳許で声がした。

酷く哀しげで、聞いているだけで心の内が削り取られていくように感じた。

声の出所を探して、辺りを見回してみる。

遼太郎は、薄暗い部屋の中にいた。畳が敷かれた狭い部屋だ。

しくしくと啜《すす》り泣くような声が聞こえてくる。

さっき「もう止めて」と言った声の主だろうか？　そう思った矢先、遼太郎の目に膝を抱えて座っている少年の姿が映った。

少年は、遼太郎に背中を向け、壁を向いたまま、肩を小刻みに上下させながら、しくしくと声を殺して泣いている。

「どうかしたのかい？」

遼太郎は、少年の背に声をかけたが、膝の間に顔を埋めるようにして動かない。

「ねぇ」

もう一度、声をかけると、少年はゆっくりとこちらを振り返った。

その目には涙が浮かんでいる。

「どうして、泣いているんだい？　お母さんとはぐれたのかい？」

遼太郎が改めて声をかけると、少年はふるふると首を左右に振った。

「哀しいことがあったのかい？」

遼太郎が訊ねると、少年はこくりと頷いた。

「どんな哀しいことがあったんだい？」

「もう止めて……」

少年は、洟《はな》を啜りながらそう言うと、ふうっと溶けるように消えてしまった。

あの少年は、何を止めてと訴えているのだろうか？　それに、どうして突然消えてしまったのだろうか？　考えてみたが、答えは何一つ見つからなかった。

困惑していると、ぎっと何かが軋むような音が、頭上から聞こえてきた。

顔を上げると、暗がりの中で、宙に浮いている女の足が見えた。

――いや、そうではない。

女は首に縄を括り、天井の梁からぶら下がっている。首を吊っているのだ。手足をだらりと垂らして揺れている。

「ひっ」

遼太郎は、思わず後退る。

おかしな形に曲がっていた女の顔が、ゆっくりと持ち上がる。

女は、白く濁った目でじっと遼太郎を見ると、口を動かして何かを言ったが、それは声になっていなかった。

――な、何だこれは？

すぐに逃げ出そうとしたのだが、遼太郎の身体は思うように動かなかった。


しゅっ、しゅっ、しゅっ――。

今度は固いものを削るような音が聞こえてきた。

その音は次第に大きくなっていく。それに合わせて、朧《おぼろ》げだが遼太郎の目の前にも光が差してきた。

行灯の薄い光が、部屋を照らしている。

どうやら、さっき見た少年と女は、遼太郎の夢だったらしい。いや、きっと夢とは違う。あれは親子の幽霊だったのだろう。

確かな理由があるわけではないが、遼太郎はそう感じた。

そこまで思い至ると同時に、これまでのことが一気に頭に浮かんだ。遼太郎は、蘆屋道雪に襲われ、気を失っていたのだ。

改めて部屋の中に目を向けると、背中を丸めている男の姿が見えた。

舟を漕《こ》ぐように、一定の間隔で身体を前に後ろにと動かしている。

――何をしているんだ？

疑問に感じた遼太郎だったが、やがてその男が何をしているのかが分かった。男は、砥石《といし》で刃物を研いでいるのだ。

しゅっ、しゅっ、しゅっ――と音を立てながら。

ここがどこなのかは分からないが、すぐに逃げた方がいい。遼太郎は、身体を起こそうとしたが、できなかった。

両手両足を縄できつく縛られていたのだ。

何とか解こうと引っ張ったり、捻《ひね》ったりしてみたが、縄が肌に食い込むばかりだった。

遼太郎が目を開けたことに気付いたのか、男が動きを止め、ゆっくりとこちらに顔を向けた。

その顔は――鬼だった。

男は鬼の面を被り、大ぶりの鉈《なた》のようなものを、砥石で研いでいる。

男が被っている鬼の面の額からは、二本の角が突き出ている。

面に隠れているが、その向こうにある男の目が、異様な輝きを放っているように見えた。

「あ、あなたは、何者ですか？　何をしようとしているのですか？」

遼太郎は、恐怖を覚えながらも問いを重ねる。

鬼面の男は、ゆらりと立ち上がると、鉈を持ったまま、遼太郎の方に歩み寄って来た。

「少し黙っていろ」

鬼面の男の声は冷淡だった。

だが、言葉が通じるのであれば手立てはある。

「そういうわけにはいきません。あなたは、何をしようとしているのですか？」

「ただ、取り戻したいだけだ」

「取り戻す？」

「悪いが、お前には器になってもらう」

「どういうことですか？」

「言葉のままだ。魂の受け皿と言った方がいいかもしれんな」

「さっきから、何の話をしているのですか？」

「これ以上、知る必要はない」

鬼面の男が、鉈を遼太郎の首筋に当てた。

よく研がれたその刃先は、遼太郎の皮膚を薄く切り、そこから血が滴った。

「…………」

「大丈夫だ。痛みは、ほんの一瞬だ」

鬼面の男の声に、笑みが含まれているような気がした。

遼太郎は、死を覚悟して固く目を閉じた。

目の奥に少年と、その手を引く女の姿が浮かんだ。

その姿は、さっき遼太郎が見た泣いている少年と、首を吊っている女に似ているような気がした。

少年は、「止めて」と泣きながら訴えていた。

いったい何を止めて欲しかったのだろう？　自分が死ぬかもしれないというのに、なぜかそんなことが気にかかった。

「死んでくれ」

鬼面の男が言うのと同時に、すっと障子の開く音がした。

遼太郎が目を開けると、そこに立っていたのは土方歳三だった——。

八

「そこまでです」

障子を開けた歳三は、鬼面の男に向かって言った。鬼面の男は、軽く舌打ちをした後、遼太郎から歳三の方に向き直った。

遼太郎は、驚いた表情を浮かべつつも、息を呑んで事の成り行きを見守っている。

「邪魔をするな」

鬼面の男が、低く唸るような声で言った。

歳三は少し前から、障子の前に潜み、遼太郎と鬼面の男とのやり取りを聞いていた。こうして姿を現わせば、気持ちを改めてくれると思っていたのだが、それは思い違いだったようだ。

「そうはいきません」

歳三が言い終わる前に、鬼面の男は鉈を振り上げて襲いかかって来た。

力任せで振り下ろす鉈の攻撃など、どうということはない。

歳三は、ひらりと身を躱しながら刀を抜き、鬼面に斬り付けた。

一瞬の静寂のあと、鬼面が真っ二つに割れた。

面の下から現われたのは——玄宗だった。

驚きより落胆の方が大きかった。歳三は、鬼面の男の正体が玄宗だということに気付いていた。それが分かったからこそ、玄宗の養生所であるこの場所にやって来たのだ。

あのあばら屋には、人の身体を解体した痕跡があった。そして、放置された刃物の中子には、玄宗の銘が刻まれていた。

心の片隅では、盗まれた玄宗の道具が使われたのだと思いたかったが、こうして顔を合わせてしまっては、もはや疑いの余地がない。

玄宗は、医者でありながら、鬼に扮《ふん》して子どもを攫い、あのあばら屋でバラバラに解体していた。

つまり、鬼の正体は玄宗だったというわけだ——。

鬼面を割られたくらいで、玄宗は気勢を削《そ》がれてはいなかった。肩で荒く息をしながら、歳三を睨んでいる。

「なぜ、このようなことをしたのですか？」

歳三には、それが分からなかった。

鬼によって孫を殺され、さらに娘がそのことを気に病み、自ら命を絶った。そんな玄宗が、どうして鬼の真似事などしたのか？

「なぜだと？　おれは、孫を失ったのだぞ。その後、娘も命を絶った。元の生活に戻ることを望んで何が悪い」

玄宗は嚙み締めるように言う。

「子どもを攫って、殺すことが、どうして元の生活に戻ることになるのです？」

「あれは器だ」

「器？」

「そうだ。孫は、鬼に殺されたんだ。鬼に殺された者の魂は、永遠に彷徨い続ける。だから、容れ物を用意してやったんだ。そうすれば、蘇ることができる」

「本気で、そんなことを言っているんですか？」

歳三が問うと、玄宗は「当たり前だ！」と叫んだ。

「もう少しだ。もう少しで、完成するのだ」

玄宗は、慈しむような目を部屋の隅に置かれた大きな鉄の箱に向けた。

――まさか！

歳三は、真っ直ぐその鉄の箱に向かって歩みを進める。玄宗が、鉈を振り上げながら止めに入ったが、それを突き飛ばす。

鉄の箱の前に立った歳三は、蓋に手をかけてそれを開けた。

中から現われたものを見て息を呑んだ。

——何てことだ。

そこには、少年のものと思われる死体が入っていた。しかも、首、胴体、四肢は一度切断されたものが、繋ぎ合わされている。

——違う。

おそらく、首、胴体、四肢はそれぞれ、別の少年のものだ。切断した人体を繋ぎ合わせて、一つの身体にしているのだ。

腹には、大きな裂け目があって、中に黒ずんだ内臓が詰め込まれている。

肉体の全てが腐敗し、黒ずんでいるだけでなく、強烈な異臭を発している。鉄の箱に収めているのは、この臭いを隠すためだったのだろう。香を焚いていたのも、漏れ出た臭いを隠そうとしてのことだったというわけだ。

ここにきて、歳三は玄宗の中で何が起きていたのかを悟った。

玄宗の孫が死んだ後、おそらく蘆屋道雪あるいは千代が、彼に近付いたのだろう。そして、玄宗の孫は鬼に殺されたと吹き込んだ。

その上で、別の容れ物——肉体を用意してやれば、孫が蘇ると下らぬ御託を並べたのだろう。

平素であれば、玄宗はそんな戯れ言など信じなかったはずだ。だが、孫に続き、娘まで失い、心を病んだ玄宗は、蘆屋道雪たちの言葉を信じてしまった。

そして、自らが鬼となって、子どもを攫ってきては、殺した上であのあばら屋で解体し、不用な部位は神社や河原に捨て、必要な部位を持ち帰り、ここで繋ぎ合わせていたというわけだ。

想像でしかないが、玄宗の孫を殺したのは、蘆屋道雪と千代かもしれない。そうすることで、玄宗を失意のどん底に突き落とし、意のままに操った。

気付く機会はあった。

不自然に置かれた黒い鉄の箱はもちろん、鬼に喰われた子どもたちは、それぞれ身体の別の部位が欠損していたという。本当に鬼が喰っていたなら、毎回、異なる部位だけ喰うというのは、あまりに不自然だ。

「莫迦なことを……」

歳三の口から、思わず声が漏れた。

鬼に殺された孫を救うために、自らが鬼になるとは、正気の沙汰とは思えない。そもそも、こんな方法で、本当に人が生き返るはずがない。継《つ》ぎ接《は》ぎだらけの死体の顔は、おそらく玄宗の孫のものだろうが、それだって腐って顔が判別できなくなっている。

玄宗は仮にも医者だ。それくらいのことは分かるだろうに――。

いや、そうではない。大切な人を失った哀しみは、人から冷静に判断する力を奪ってしまう。人は、きっかけさえ与えてやれば、簡単に鬼になってしまうのだ。

「何とでも言え」

「あなたは、人を救うことが仕事のはず。それが、どうして……」

「医者なのに、守ってやれなんだ」

玄宗が唇を噛んだ。

「しかし、それは……」

「見知らぬ連中をいくら助けても、肉親を救えなければ、何の医者ぞ」

「………」

「もし、大切な者を救う方法があるなら、鬼にでも魂を売るさ」

——ああ。駄目だ。

玄宗は、もう二度と戻って来ることができない、彼岸に行ってしまったのだ。

我を失っているのであれば、引っ叩いてでも目を覚まさせればいい。だが、玄宗はそうではない。

自分のやっていることが、過ちだということが分かっている。それでも、なお、止めることができなくなってしまったのだ。

もう、戻れないのであれば、せめてこの手で——。

歳三は、ふうっと息を吐きながら、刀の柄を握る手に力を込めた。

「もう止めて下さい」

遼太郎が、畳の上に這いつくばりながらも声を上げる。

「止められるか！」

玄宗が大喝《だいかつ》するが、遼太郎は怯《ひる》まなかった。

「今のは、私の言葉ではありません。多分、あなたのお孫さんの言葉です。膝を抱えて、泣きながら、もう止めて——と訴えているんです」

そう言い張る遼太郎の目には、涙が浮かんでいた。

「つまらん嘘を吐くな！」

玄宗は打ち消したが、おそらく遼太郎の言葉は真実だ。

遼太郎は憑依され易いと浮雲が言っていた。幽霊となって彷徨う、玄宗の孫の声を聞いたのだろう。

「嘘ではありません。あなたのお孫さんは……」

「黙れ！」

玄宗が、遼太郎に鉈を振り下ろそうとする。

歳三は素早く動き、刀でその鉈を受け流した。

「邪魔をするなと言っているだろ」

玄宗が、歳三を睨んでくる。

その目は、もはや人のそれではなかった。

「あなたが鬼になったというなら、斬るしかありません」

「うるさい！」

玄宗が、再び鉈で斬りかかって来た。

歳三が持っているのは、刃引きの刀ではない。このまま振るえば、間違いなく玄宗の命を奪う。

それでも――。

歳三は鉈を躱しつつ、玄宗の胴めがけて刀を横一文字に薙いだ。

腹を裂く手応えが伝わってくるはずが、歳三の手に響いたのは、鋼がぶつかり合う硬質な感触だった。

「歳三。落ち着け」

そこにいたのは、才谷だった。

刀を抜き、玄宗を庇うようにして歳三の刀を受け止めている。

どうして才谷がここにいるのか、訝しく思ったが、今はそうした些末なことなどどうでもよかった。

歳三は玄宗を斬らなければならない。

「邪魔をするな!」

歳三が大喝すると、才谷は驚いたように眉を顰める。

なぜ、そんな顔をするのか歳三には分からない。そもそも、才谷はどんな思惑があって玄宗を庇ったのか?

「斬る必要はなかろう」

才谷が笑みを浮かべながら言った。

――ぬるい。

玄宗を生かしておいていいはずがない。この男は何の関わりもない子どもを攫い、その命を無残に奪ってきた外道だ。死んだ孫が蘇るためだなどという妄想に取り憑かれた鬼なのだ。

このままにしておけば、また同じことを繰り返す。だから――。

「いいや。斬らねばならん」

歳三は、才谷の刀を押し返した。

才谷もまた、負けじと刀を押し込んでくる。拮抗《きっこう》している。このままでは埒《らち》が明かないと、歳三は一旦、後方に飛び退いた。才谷も、同じく間合いを取った。

お互いに刀を構えたまま視線をぶつけ合う。

いつか才谷と真剣で立ち合いたいと願っていた。その機会が、思いがけずに訪れたというわけだ。

「歳三よ。お前の方が、鬼のような顔をしているぞ」

才谷が、にっと口角を吊り上げて笑った。

「鬼は玄宗だ」

「いいや。違う」

「言い争うつもりはない。そこをどけ。邪魔をするなら、才谷さん、あんたでも斬る」

歳三が、じりっと間合いを詰めようとしたところで、才谷は刀を下ろすと懐から黒い棒のようなものを取り出し、それを天井に向けた。

——あれは何だ？

思っている間に、ズドンッと雷が落ちたような轟音《ごうおん》がした。

才谷が持っている筒のようなものの先端から、白い煙が立ち上る。火薬の臭いが歳三の鼻を掠めた。

そこで、ようやく歳三は、才谷が持っているのが鉄砲だということに気付いた。

長筒ではなく、片手に収まる小型の鉄砲があると噂には聞いていたが、実際に目にするのは初めてだ。

いずれにしても、鉄砲を持ち出されたのでは、真剣勝負も何もあったものじゃない。

「少しは目が覚めたか？」

才谷が、ニヤニヤと笑いながら訊ねてきた。

「目ならとっくに覚めています」

歳三が構えを解きながら言うと、才谷は苦笑いを浮かべながら、顎に手をやった。

「本当か？　我を忘れておれを斬ろうとしただろう？」

——違う。

歳三は、我を失ったわけではない。全て分かった上で、才谷に刀を向けていたのだ。だが、それを口にすれば、また鬼だと言われるのだろう。

何であれ、興が醒《さ》めた。

「私は、玄宗を止めようとしただけです」

「ならば心配には及ばない」

見ると、いつの間にか玄宗は泡を吹いて仰向けに倒れていた。それだけでなく、後ろ手に縄で縛り上げられ、身動きが取れない状態になっている。そして、その傍らには、花魁のように派手な着物を着た女——玉藻が立っていた。

歳三と才谷が争っている間に、玉藻が玄宗に麻酔針の類いを刺し、玄宗の意識を奪った上で捕縛したのだろう。

この場所に才谷や玉藻がいるということは——。

「浮雲さんから言われて来たのですか?」

歳三が訊ねると、才谷は「うむ」と大きく顎を引いて頷いた。

「浮雲は遼太郎を囮《おとり》にして、おれたちに玄宗の尻尾を摑ませたというわけだ」

「そうでしたか……」

歳三は、改めて倒れている玄宗に目を向ける。

鬼に殺された孫を生き返らせるために、他の子を攫い、その身体を切断し、孫の魂を容れる器の身体を作ろうとした。

きっと、玄宗も、その行いが間違っていると分かっていたはずだ。それでもなお、止めることができなかった。

鬼に——憑かれていたのだろう。

九

遼太郎が養生所を出ると、そこには浮雲と宗次郎の姿があった。

「いったい何がどうなっているのですか？」

遼太郎は、浮雲に詰め寄った。

いきなり蘆屋道雪が現われ、眠り薬のようなもので眠らされ、目を覚ましたら玄宗という名の町医者の養生所だった。その玄宗は、遼太郎を殺そうとしていた。間一髪のところを助けに入ってくれたのは、行方知れずになっていたはずの歳三だった。

起こった事実は、把握しているが、なぜ、こうなったのか遼太郎には分かっていない。

「そう急くな」

浮雲は、ボサボサの髪をぐしゃぐしゃと掻き回しながら言う。

急くなと言われても、気になるのだから仕方ない。遼太郎が、じっと浮雲を見据え続けると、やれやれという風に浮雲が語り出した。

「悪かったよ。今回は、お前を囮として使わせてもらった」

「囮？」

「ああ。此度の一件に、蘆屋道雪の一派が絡んでいることは、分かっていた。だから、お前を囮にして、奴らを誘き寄せることにしたんだ」

「じゃあ、最初から跡をつけていたのですね」

「そうだ。思った通り、蘆屋道雪は、お前を攫って玄宗に殺させようとした。そこを、押さえたというわけだ」

経緯《いきさつ》は分かった。だが――。

「玄宗さんは、どうして私を殺そうとしたのですか？」

「それについては、おれより歳から聞いた方がいい」

浮雲は、墨で描かれた眼で、後から養生所を出て来た歳三を見やった。

歳三の顔には、薄い笑みが浮かんでいた。さっき、玄宗を斬ろうとしたときとは、まるで別人のようだった。

かえってそれが、遼太郎には恐ろしく見えた。

「遼太郎さんを殺そうとした男――玄宗さんは、私の馴染みでもありました」

「そんな人が、いったいどうして……」

「玄宗さんは、孫を鬼に殺されてしまったんです。それを気に病んだ母親である娘もまた、自ら命を絶ってしまった」

歳三が淡々とした調子で口にする。

「…………」

「そこで、玄宗さんは死んだ孫を生き返らせようとしたんです」

「生き返らせる？」

「そうです。他の子どもを攫って命を奪い、身体や臓器の一部を切断し、それらを繋ぎ合わせて別の肉体を作り、それを孫の魂を容れる器にしようとしたんです」

——何と？

あのとき、玄宗は器がどうしたとか言っていたが、それはこういうことだったのか。幽霊となってしまった孫に、器となる肉体を与えれば、生き返ると考えたのだ。

だから、殺された子どもによって、欠損した部位が違っていたのだと今さらのように納得する。あれは、喰ったのではなく、切断して持ち帰り、繋ぎ合わせることで別の身体を作っていたということだ。

だが——。

「そんなこと、できっこありません」

「普通に考えたらそうです。しかし、玄宗さんは、できるとかできないではなく、そうだと信じてしまったのです。それで、孫が生き返ると」

「ああ……」

思わず声が漏れた。

遼太郎は、玄宗に殺されかけたとき、「止めて」と訴える子どもの声を聞いた。

あれは、きっと玄宗の孫の幽霊の声だったのだろう。自分を生き返らせるために、祖父の手が血で汚れていくのは、耐え難いものだったはずだ。だから、必死に止めようとしていた。

だが、それは全て手遅れになってしまった。

「…………」

「遼太郎さんを殺そうとしたのも、器にしようとしていたからです」

「仕組んだのは蘆屋道雪なのですね」

「ああ。蘆屋道雪と玄宗は通じていた。おそらく、孫を生き返らせる方法を玄宗に吹き込んだのも、蘆屋道雪だ」

浮雲が吐き捨てるように言った。

そういうことか。玄宗は、蘆屋道雪に踊らされ、こんなバカげた方法で孫を取り戻そうとしてしまった。

「なぜ、鬼の面を被っていたのですか？」

玄宗の孫は鬼に殺されたのだとしたら、自らが鬼の面を被り、鬼になることに抵抗があったはずだ。

「鬼の面を被り、自らが鬼となることで、良心を封印していたのだろうな」

「…………」

「そもそも、その面はどこから手に入れたのですか？」

訊ねたのは歳三だった。

「滝川寺の鬼塚だ。伝承では、あの塚の下には父面と母面が埋まっている。それを、蘆屋道雪たちが掘り起こし、玄宗に授けたんだろうよ」

「何と……」

「で、この玄宗って医者だが、どうする?」

才谷が、玄宗を引き摺るようにして養生所から出てくると、そのまま地面に転がした。

玄宗はすでに意識を取り戻しているらしく、暗い目で遼太郎を睨んできた。その目は、背筋が凍るほどに冷たかった。

「よくも邪魔をしたな……」

玄宗が、ぎりぎりと歯を軋ませながら声を絞り出す。

「いい加減にしろ。あんな方法で孫が生き返らないことは、医者であるお前が一番よく分かっているだろ」

浮雲が、金剛杖の先を玄宗に突き付ける。だが、玄宗はそれに怯むことはなかった。

「お前は何も分かっていない! 孫の魂は、今もなお呪詛《じゅそ》を抱えて彷徨っている! 肉体さえ与えてやれば生き返る!」

「だから、関わりのない子どもを攫って殺したというのか?」

「そうだ!」

「だとしたら、お前はとんだ阿呆だ!」

浮雲は、金剛杖で地面をドンッと突きながら大喝した。

その迫力に玄宗がたじろいだが、それも一瞬のことだった。

「お前に何が分かる!」

「分かるさ。よく考えろ。孫を生き返らせるために、肉体を手に入れようとしたのだとしたら、その肉体は生きていなければならない。殺してしまっては、仮にその肉体に孫の魂が宿ったとしても、死んだままだ」

——浮雲の言う通りだ。

玄宗は、孫を生き返らせるための肉体を用意しておきながら、それを殺してしまっていたのだ。それでは、孫の魂が肉体に宿ったとしても、生き返ることはできない。

浮雲の話を受けた玄宗は、呆けたように目を丸くしている。

この様子からして、玄宗はその事実に思い至っていなかったようだ。そんな簡単なことに気付けないほどに我を失っていたのだろう。

「違う。違う。違う——肉体さえ与えてやれば、孫は必ず生き返る。今もなお、彷徨っているのだから」

玄宗は、事実を受け容れることを拒み、早口にまくしたてる。

そんな玄宗の背後に、いつの間にか哀しげな目をした子どもが立っていた。隣には、若い女の姿もある。

二人が生きた人間でないことは、すぐに分かった。おそらく、二人は幽霊なのだろう。

浮雲の方に目を向けると、同じものが見えているらしく、小さく顎を引いて頷いた。その眼は、

「お前が伝えてやれ——」そう言っているように見えた。

遼太郎は浮雲に頷き返すと、ゆっくりと足を踏み出し、玄宗の許まで歩み寄った。

玄宗が、遼太郎を睨め付けてきたが、それを怖いとは思わなかった。

「お孫さんは、呪詛になど囚われていません」

遼太郎が告げると、玄宗の目にこれまでより強い怒りが滲む。

「知った風な口を！　お前なんかに孫の気持ちが分かるものか！」

「分かるんです」

「何？」

「私は、お孫さんの声を聞きました。哀しげな目で、『止めて』と訴えていました。自分のために、人を殺し続けるあなたのことを嘆いていたのです」

「戯れ言を！」

「違います！　今もそこで、あなたを止めようとしているではありませんか」

遼太郎は、玄宗の背後を指差した。

それに釣られて玄宗が振り返る。途端、玄宗の身体が大きく震えた。

おそらく、玄宗にもそこに立つ孫と娘の姿が見えたのだろう。

玄宗の口から「ああ……」と声が漏れる。

弱々しくも、哀しげなその声は、みるみるうちに悲鳴にも似た泣き声へと変わっていった。

地面に突っ伏し、慟哭《どうこく》する玄宗の姿は、とても見ていられなかった。

「どうして、こんなことになる前に気付くことができなかったのでしょうか？」

遼太郎が呟くように言うと、浮雲がため息を吐いた。

「おそらく気付いていたさ」

「え？」

「こんな方法では、孫を救うことができないと分かっていてなお、止められなかったんだ」

「どうして……」

「鬼に憑かれるってのは、そういうことだ」

——鬼。

そうかもしれない。玄宗は、己の孫を取り戻すために人であることを止め、鬼になってしまったのだろう。

その行いの果てに、自分と同じ苦しみや哀しみを増やすことになると分かっていながら、それでも抑えることができなかった。

「………」

「いずれにしても、ここ最近、出没していた鬼の正体ってのは、この玄宗という町医者だったというわけだ」

才谷が、重くなった場の気配を掻き混ぜるように快活に言った。

浮雲が「ああ」と応じる。

「この男を役人に引き渡せば、それで一件落着だな」

才谷が笑い声を上げたが、浮雲は「まだだ」と呟くように言った。

「何だって？」

「まだ終わっていないと言ったんだ」

浮雲の声が不穏に響いた。

十

歳三は、滝川寺の本堂に座っていた――。

隣には遼太郎の姿もある。

歳三の正面には、寺の住職である隆盛が神妙な面持ちで座っている。

「それで、お話というのは？」

隆盛がか細い声で、そう切り出した。

寺の本堂に隆盛を呼び出したのは歳三ではない。浮雲だ。その浮雲は、自分で呼び出しておいて、本堂に姿を現わしていない。

なぜ、隆盛を呼びつけたのか、その理由については浮雲から聞かされていないので、歳三は質問に答えることができない。

「今しばらく、お待ち下さい」

歳三は、そう答えるしかなかった。

滝川寺に来る道すがら、浮雲から、この寺で何が起きたのかについては、詳しく聞かせてもらった。

何でも、寺の小僧である円心が、鬼に喰い殺されたのだという。鬼は、円心の首を持ち去ってしまい、今に至るも見つかっていないのだそうだ。

これまでのことを考えれば、円心を殺したのは玄宗ということになる。だが、それを説明するためだけに、浮雲がこのような場を設けたとも思えない。

何かを考えているはずだ。

「あの……」

隆盛が待ちくたびれたのか、再び口を開いた。が、そこで蠟燭《ろうそく》の灯りがゆらりと揺れた。

「待たせたな」

そう言って、本堂に入って来たのは浮雲だった。

白い着物の上から袢纏を羽織っている。いつも両眼を隠している赤い布は外されていて、真っ赤に染まった双眸が、蠟燭の灯りに照らされて、ギラついた光を放っているように見える。

「自分で呼んだ癖に、ずいぶんともったいつけるのですね」

歳三は嫌みを込めて言ったが、浮雲はまるで動じた様子はなく、にっと口許に笑みを浮かべてみせた。

「色々と準備があったんだよ」

浮雲は、答えながら隆盛の前まで歩み寄ると、金剛杖でドンッと床を突いた。

それだけで、本堂の様子が一変した。

「さて——では、鬼退治といこうじゃないか」

浮雲が、隆盛をじっと見下ろす。

「円心を喰らった鬼が、どこに逃げたか分かったのですか？」

隆盛が喘《あえ》ぐような声で問う。

恐れからか顔つきは硬く、唇がわずかに震えているようだ。

「ああ。ただ、その前にはっきりさせておかなきゃならんことがある」

「何でしょう？」

「宿場町で、子どもを攫って殺していた鬼について――だ」

「あれは、玄宗だったのですよね」

歳三が口を挟むと、浮雲は顎を引いて頷いた。

「そうだ。玄宗は、子どもを攫ってその命を奪い、新たな身体を作り、そこに孫の魂を容れ、生き返らせようとしていた」

「そうですね」

その話は、もう分かっている。

「ただ、そうなると、一つだけ分からぬことがある」

「分からぬこととは？」

「歳たちが、神社で見た死体についてだ」

浮雲の言葉を聞き、何を言わんとしているのかを理解した。あの神社にあった子どもの死体は、首と身体から引き抜かれた腸だけが残されていた。

もし、あれが玄宗の仕業だとしたら、必要な部位だけ持ち去ればいい。それなのに、残ったのは生首と腸だけだった。

「神社で発見された死体は、玄宗の仕業ではないということですか？」

つまり、鬼は二人いたということだ。

「厳密には、それも違う」

「違う？」

「ああ。あの子どもを殺したのは、間違いなく玄宗だ。だが、それをバラバラに解体したのは、別の人物だったというわけだ」

——なるほど。

玄宗が殺し、身体の部位を切り取り、神社に放置した死体を、別の何者かが、さらに解体したということか。

「恐ろしい……」

隆盛が口を押さえながら、震える声で言うと、浮雲が赤い双眸をギロリと向けた。

その赤い眼に臆したのか、隆盛はひゅっと喉を鳴らして息を呑んだ。

「つまり、この寺の小僧の円心さんを喰らった鬼は、玄宗ではないということですね」

歳三が言うと、浮雲が大きく頷いた。

「ああ。その通りだ」

「お、鬼が、もう一人いたということでございますか？」

隆盛がおののきながら声を上げる。

「そうだ」

「その鬼は、いったいどこに？」

遼太郎が堪らずといった感じで、腰を浮かせながら問う。

「鬼の正体を明かす前に、もう一つ、はっきりさせておかなければならないことがある」

浮雲は、そう言って遼太郎を見返す。

「はっきりさせておくこと？」

「そうだ。梅さんと玉藻の調べたところによると、円心はどこぞの落胤だった。隆盛、お前は、そのことを知っていたな？」

浮雲に話を向けられ、隆盛はびくっと身体を震わせる。

隆盛は、誤魔化そうとしたのか、最初は口をもごもごとさせていたが、やがて諦めたのか、肩を落として「存じておりました」と、蚊の鳴くような声で答えた。

「お前は、この寺で落胤である円心を匿っていたということだな」

「はい。しかし、守りきれませんでした……」

落胤は、その血が後々、権力闘争などが生じた際に役に立つことが多いので、寺などに預けられ、匿われていることがある。

円心も、そのように扱われていたのだろう。

「お前は、円心の命を狙う者に心当たりがあるんじゃないのか？」

浮雲が訊ねる。

「いえ。はっきり誰かということまでは分かりません。朝廷も一枚岩ではありません。様々な思惑が入り交じっています。そのときの状況によっても変化します。私に円心を預け、匿うように言いながら、時が経てば殺そうと企む――そういうものです」

その通りかもしれない。

政というのは、隆盛の言うように様々な思惑が入り交じるだけでなく、時とともに変化していくものだ。昨日まで味方だと思っていた者に、翌日、寝首を掻かれるなんてことは、日常茶飯事だ。

「なるほど。まあ、そういうものだな」

浮雲は、苦い顔をしながら頭を掻いた。

この男もまた、そうした思惑に弄ばれてきた。それ故に、言葉に実感がこもっている。

「私からも、お訊ねしてよろしいですか?」

隆盛がおずおずと口を開く。

浮雲が「何だ?」と訊き返す。

「円心を殺したのは鬼ではなく、刺客の仕業だとお考えなのですか?」

「いや。刺客が、円心を亡き者にしようと目論んでいたのは確かだが、あいつらは、まだ支度が調っていなかった」

――ああ。そういうことか。

歳三は、浮雲の話を聞いて得心したが、遼太郎は何のことだか分からないらしく「支度?」と掠れた声で訊き返しながら首を傾げる。

「そうだ。宿場町で起きていたことは、朝廷側の刺客――蘆屋道雪が円心を殺すための支度だったんだよ」

遼太郎は、まだ分かっていないらしく眉を寄せる。

「つまり、蘆屋道雪は玄宗をたぶらかし、それを利用して、円心さんを殺させるつもりだったんですよ」

歳三が言うと、ようやく遼太郎は「な、何と！」と驚きの声を上げた。

なぜ、蘆屋道雪が玄宗をたぶらかしたのかが分からなかったが、ここにきてその狙いが明らかになった。

蘆屋道雪は、円心を殺すための道具として、玄宗を使ったというわけだ。

自分たちが円心を直接手にかければ、新たな火種を生み出すことになる。そこで、血迷った医者が、無分別に起こした殺しの中の一つに仕立て上げようとした。

「歳の言う通りだ」

浮雲が顎を撫でながら頷く。

「では、円心さんの件が蘆屋道雪の企みでないとすると、やはり本物の鬼に……」

遼太郎が言うと、浮雲は首を左右に振った。

「いや。お前の言う妖怪としての鬼は、此度の事件に絡んではいない」

「え？」

「円心を殺したのは、蘆屋道雪でもなければ、鬼でもない」

「では、いったい誰が？」

遼太郎の問いを受けた浮雲は、表情を引き締めると隆盛に顔を向けた。

「隆盛。円心を殺したのはお前だな」

浮雲の放った言葉が、本堂の中に響いた。

十一

「ど、どういうことですか？」

遼太郎は、浮雲の放った言葉が信じられず、身を乗り出しながら訊ねた。

隆盛が、円心を殺したなんて到底信じられない。しかも、あのような無残な方法で。

「まあ、実際には、死んだように見せかけた——と言った方がいいな」

浮雲はニヤリと笑いながら、尖った顎を撫でる。

「見せかける？」

「そうだ。おかしいと思わなかったか？」

「何がです？」

「おれたちは円心の悲鳴を聞き、急いで本堂に向かった。それで間違いないな？」

浮雲に問われ、遼太郎はあのときの出来事を頭の中に蘇らせる。

確かに、あのとき円心の悲鳴を聞き、遼太郎たちは急いで本堂に向かった。だが、そのときにはもう手遅れだった。

円心は腸を抜き取られ、左腕と首を斬り取られ、無残な姿で横たわっていた。と、そこまで思い出したところで、遼太郎は浮雲が何を言わんとしているのかが分かった。

「私たちは、悲鳴を聞いてからすぐに本堂に向かいました。いくら鬼とはいえ、腸を抜き取ったり、腕や首を斬り取ったりする暇はなかった……」

「そうだ。悲鳴を上げたということは、少なくとも、それまでは円心は生きていたことになる。それなのに、おれたちが駆けつけたときには、もう喰い殺された後だった」

「はい……」

「しかも、鬼は本堂の中にいたわけではなく、寺の境内にある鬼塚のところにいた。どう考えてもおかしい」

「し、しかし、本堂には円心さんの骸が……」

「それは、本当に円心のものだったのか？」

浮雲がぐいっと左の眉を吊り上げた。

「え？」

「あんな無残な状態では、あの骸が誰のものであったかを見極めることなどできなかったはずだ」

「でも、着ているものが……」

「そんなものは、着替えさせればいいだろ」

浮雲の言うように、円心の着物を着せてしまえば、それが誰の骸なのか分からない。何せ首を持ち去られていたのだから——。

「そうだ。首。鬼塚に立っていた鬼は、円心さんの首を持っていたではありませんか」

遼太郎は言い募る。

あのとき、鬼塚のところに立っていた鬼は、円心の生首を持っていた。

「それについては、見てもらった方がいいな」

浮雲は、そう言いながら本堂を出て行った。

遼太郎は、迷いながらも立ち上がり、浮雲の後を追いかける。隆盛も、無言のままついてきた。

外に出たところで、浮雲が金剛杖で真っ直ぐに鬼塚を指し示した。

「あれを見ろ——」

促されるままに鬼塚に目をやった遼太郎は、思わず「わっ！」と驚きの声を上げた。

そこには、生首が浮いていた。

しかも、その顔は才谷のものだった。

「さ、才谷さんも鬼に……」

絞り出すように言った遼太郎の声を遮るように、笑い声が響いた。

浮雲も、歳三も、隆盛も笑っていない。笑っているのは、才谷の生首だった。あまりのことに、遼太郎は腰を抜かしそうになった。

それを見て、浮雲がふんっと鼻を鳴らした。

「慌てるな。よく見てみろ」

浮雲が、ずいっと一歩踏み出しながら言う。

遼太郎は、言われるままに目を凝らす。そこで、思わず「あっ！」と声を上げた。

生首になってしまったと思った才谷だったが、そうではなかった。才谷には、身体がちゃんとあった。

ただ、黒い布を全身を覆うように纏っていたせいで、闇に紛れてしまっていただけだった。

「円心の生首も、同じ方法を使ったんだよ」

浮雲がにっと笑みを浮かべる。

「つまり、円心さんは首を斬られてなどいなくて、そういうふりをしていた――ということですか？」

「そうだ。今の梅さんのように、黒い布を纏って屈んでいれば、鬼に生首を摑まれているように見えるというわけだ」

「なかなか面白い思いつきだな」

才谷は、そう言いながら黒い布を取り、こちらに向かって歩いて来た。

分かってしまえば、どうということのない仕掛けなのだが、あのときは無残な骸を目にして動揺していたことと、慌てていたこととで、じっくりと検める余裕はなかった。

ただ、そうなると今度は、新たな謎が首を擡《もた》げる。

「今のような方法を使ったということは、円心さんは生きているということですか？」

「ああ。円心自身が手伝わなければ、この方法は使えないからな」

それは、そうなのだろう。

円心は自ら黒い布を纏い、首だけが見えるようにして、じっとしていたはずだ。

「なぜ、そのようなことを？」

「だから、さっき言っただろ。死んだと思わせるためだ」

「あっ！」

遼太郎が声を上げると、浮雲は「分かったようだな」と小さく頷いた。

そうだ。落胤である円心は、滝川寺に匿われていたが、それを疎ましく思う朝廷側が差し向けた蘆屋道雪たちに命を狙われていた。

暗殺を止めることが、いかに難しいかは遼太郎もよく知っている。

警固を付けたとしても、四六時中見張るのは、相当な人員と労力が必要になる。人を雇うには金もかかる。そうやって警固を固めたとしても、それで万全とはいかない。

隆盛には、人員も金もなかった。だから、円心を死んだことにして、蘆屋道雪たちの目を逸らそうとしたのだ。

実際に円心を殺すわけにはいかないので、玄宗が殺して神社に捨てた死体から腸を取り出してその場に残し、残りの身体を運んで、今回のような仕掛けを施し、一芝居打ったというわけだ。

「神社に捨てられた死体は、当初は左腕が奪われた状態だったのだろう。お前が夢で見た幽霊は、自分の身体を捜していたんだろ？」

浮雲に訊ねられ、夢に現われた生首の少年のことを思い出した。そうだ。あの少年は自分の身体を捜していた。

「あの幽霊は、神社で殺された少年だったということですね」

「そうだ」

納得した遼太郎だったが、ここでふと新しい疑問が浮かんだ。

「もしかして、私たちは、それを見届けるためにこの寺に呼ばれたということですか？」

遼太郎が訊ねると、浮雲は「そうだ」と頷いた。

「首のなくなった遺体だけ見ても、誰もそれが円心だとは認めない。寺の外にいる誰かに、今回の仕掛けを見せて、円心が鬼に喰われたと思い込ませなければならなかったというわけだ」

「私たちを寺に導くために、破落戸たちに金を払って円心さんを襲わせたのですね」

遼太郎が言うと、浮雲は「そうだ」と頷いた。

破落戸たちは、見ず知らずの人物から金で雇われていた。しかも、妙なことに円心を襲撃する場所まで指定されていた。それは、誰かが円心を助けることを見越してということだったのだろう。

「隆盛。全て、お前の謀《たばか》りだな？」

「何を根拠に私がそのようなことをしたと……」

しっかりと握った隆盛の拳が、わなわなと震えていた。

あらぬ疑いをかけられたことに、心の底から憤怒《ふんぬ》しているようだった。

「お前以外に、これをできた奴はいない。それが根拠だ」

「片腹痛いですね。こんないい加減なことを言うのは、もう止めて頂きたい。私は、円心を失ったんです」

「そうそう。その猿芝居を見たとき、おれはお前が怪しいと思ったんだ」

「さ、猿芝居ですって？」

「ああ、そうだ。お前は円心が死んだとき、哀しむよりも、その後の処理に夢中だった。いくら寺の住職で人の生き死にに慣れているとはいえ、あまりにわざとらしかった」

「…………」

「それだけじゃねぇ。お前は円心が鬼に喰われたと言い立てながら、その鬼が現われたときに、さして驚きもしなかった。もしかしたら、自分も喰われるかもしれないというのに、ずいぶんと呑気な振る舞いだった」

「黙れ！」

隆盛が鋭く言い放った。

せっかくの企てを台無しにされ、怒りに震えているのだろう。隆盛の気持ちを考えると、遼太郎は息苦しさを覚えた。

確かに遼太郎たちは、隆盛に騙されはしたが、そこにあったのは悪意ではない。蘆屋道雪たちから、円心の命を守りたいという想いだ。

そう考えると、遼太郎たちは余計なことをしてしまったのかもしれない。あのままにしておけば、円心は死んだことになり、逃れることができたかもしれないのだ。

と、そこまで考えを巡らせたところで、遼太郎は一つ引っかかりを覚えた。

「今の話が本当だとすると、円心さんはどこに行ったのですか？　それに、あのとき鬼も一緒にいました。あれは、いったい誰だったのですか？」

遼太郎が立て続けに問うと、浮雲はわずかに眼を細めた。

「あのとき、鬼を演じていたのは平三だよ」

浮雲がさも当然のように言った。

平三とは、寺の近くの古い家屋に住んでいた男だ。

「何ですって？」

「隆盛と平三はぐるだったってわけだ。鬼の面を被れば顔は分からない。隆盛が寺に保管してあった祖母面を平三に渡し、鬼を演じさせたのだ」

「盗まれたというのは……」

「もちろん嘘だ。だいたい、宿場町で鬼が出て子どもが殺され、寺に疑いがかけられているというのに、大事な鬼の面を本堂の誰でも手に取れるところに置いておくことがおかしいんだ」

「確かにそうですね。弘真さんのこともありますし、普通なら厳重に封印して然《しか》るべきです」

「その通りだ。あくまで、祖母面は盗まれたと思わせなければならなかった。だから、簡単に盗める場所に保管したんだ」

「なるほど」

「ついでに言えば、子どもの骸を滝川寺まで運んだのも平三だ」

「どうしてそれが分かるのですか？」

「あの家には、荷車があっただろ。あれを検めたが、血がべったりと付いていた」

言われてみれば、あの家に行ったとき、浮雲は丹念に荷車を調べていた。あのときに血を確かめていたということのようだ。

ここで、遼太郎はもう一つ思い出したことがあった。

「浮雲さんは、平三さんの家に行ったとき、中にいるのは二人だけかと聞いていました。もしかして、奥の部屋には円心さんがいたのですか？」

今の話の流れからして、そう考えるのが自然だ。

あのとき部屋の奥には円心が隠れていて、隙を見てこの地から逃げるつもりだったのかもしれない。

浮雲は、遼太郎の問いに答えようと口を開きかけたが、それを遮るように、くつくつとくぐもった笑い声が響いた。

隆盛だった――。

俯き、肩を震わせながら笑う隆盛には、これまでの仏のような温厚さはなく、悪鬼羅刹《あっきらせつ》のようだった。

「あなたたちは、本当に厄介ですね。せっかくの企てが水の泡です」

隆盛は、急に笑みを引っ込めると、暗い声で言った。

「では、やはり……」

「ええ。あなたたちの仰る通りです。今頃、平三が円心を隣国に逃がすための支度を調えているでしょう」

「…………」

「得意げに暴いて、さぞ満足でしょうね。ですが、忘れないで頂きたい。円心が生きていると知られた以上、どんなに逃げようとも、これからも刺客に追われ続けるのです。あなたたちのせいで」

隆盛は、まくしたてるように言った。

遼太郎は、それを聞いて返す言葉が見つからなかった。

確かにその通りだ。謎は解けた。しかし、そのせいで、円心はこれからも追われる身となってしまった。

謎など解かない方が良かったのかもしれない。

「隆盛。お前は何も分かってねぇな」

浮雲が吐き捨てるように言う。

「何？」

「こんな方法で、本当に蘆屋道雪を騙せると思っているのか？」

浮雲が、じっと隆盛を見据える。

「騙すとは何のことだ？」

「わざわざ言わんでも分かっているだろ。平三たちは、確かに隣国に逃げる支度をしている。だが、円心は一緒ではない」

――一緒ではない？

「別々に逃げたということですか？」

遼太郎が問うと、浮雲は「違う」と一蹴した。

「円心は逃げていない。この企みは、二段構えだったのさ」

「二段構え？」

「そうだ。玄宗が殺した子どもの骸を使い、円心が死んだように見せかける。だが、それで蘆屋道雪を騙し通せるとは、隆盛も思っていなかった。だから、さらなる策を講じた」

「もしかして……」

「そうだ。平三が円心を連れて、隣国に逃げたと思わせる。そのために、わざと怪しい部分を残しておいたんだよ」

荷車や部屋の奥にあった気配のことを言っているのだろう。

確かに、血の残った荷車をそのまま家の外に置きっ放しにするなど、あまりに用心に欠けるとしか言いようがない。

だが、だとしたら――。

「円心さんは、今どこにいるのですか？」

遼太郎が口にするのと同時に、才谷が「おおっ！」と驚きの声を上げた。

見ると、いつの間にか境内に一人の少年が立っていた。

鬼の孫面を被ってしまい、それが外れなくなったばかりか、正気を失い、蔵にある牢に閉じ込められていた弘真だ。

――なぜ弘真が？

困惑した遼太郎は、弘真の背後に、もう一人いることに気付いた。宗次郎だった。

「宗次郎に蔵の扉を開けさせて、弘真を連れ出してもらったんだ」

浮雲の説明で得心する。

宗次郎の姿が見えないと思っていたら、才谷とは別で、そうした役割を与えられていたということか。だが、なぜ、弘真を解き放ったのかが分からない。

弘真は、ゆらゆらとした足取りで歩み寄って来る。

「歳。分かっているな」

浮雲が目配せすると、歳三は全てを心得たという風に頷きつつ、弘真の行く手を阻むように歩み出る。

弘真は、「ぐぅぅ」と呻くような声を上げる。

歳三はゆっくりと刀の柄に手をやると、わずかの間を置いて抜刀し、真っ向から弘真に斬り付けた。

「な、何てことを！」

声を上げながら駆け寄ろうとした遼太郎だったが、浮雲がそれを制した。

「落ち着け」

「し、しかし……」

「斬ったのは面だけだ」

浮雲が言うのに合わせて、弘真の被っている面が二つに割れ、地面に落ちた——。

「え？」

遼太郎は、自分でも笑ってしまうくらい素っ頓狂な声を上げた。

面の下から現われた顔は、紛れもなく円心だった。

「こ、これはいったい……」

困惑する遼太郎に、浮雲はにっと笑ってみせた。

「見たままだ。おれたちが寺を出た後、隆盛は円心と弘真を入れ替えたんだ。そうすることで、あたかも円心が平三とともに逃げたように見せかける。そして、本物の円心は孫面を着けたまま、牢の中で安全に過ごすという寸法さ」

鬼の面を被っていれば、中身が円心なのか、弘真なのか分からないということか。

「もしかして、弘真はこの企みのために、蔵の中の牢にずっと入れられていたのですか？」

「そうだ」

「被った孫面が外れなくなり、正気を失ったというのは……」

「あんなものは、此度の企みを成し遂げるための嘘っぱちだ。この地にある鬼の伝承を利用したってわけだ」

「何と……」

そこまで用意周到に支度をしていたとは、驚嘆に値する。同時に、遼太郎はそこに違和感を覚えた。

「隆盛さんが、ここまでのことを考えたのですか？」

遼太郎が問うと、浮雲は苦笑いを浮かべた。

「もちろん、それを指南した人物がいる」

「もしかして……」

「そう。狩野遊山だ。朝廷側の連中は、落胤である円心が邪魔になり、葬るために玄宗を利用して暗殺を目論んだ。そのことを察知した幕府側の狩野遊山は、企てを逆手に取り、隆盛に策を授けたというわけだ」

「もしかして、私たちがそれを見届けることになったのは、偶然ではなく、必然だったのですか？」

狩野遊山が糸を引いているのだとしたら、もはやそうとしか考えられない。

「それは、本人に訊くといい」

浮雲はそう言いながら、鬼塚の辺りを睨み付ける。

その視線に導かれたか、闇の中から浮かび上がるように、虚無僧の恰好をした男——狩野遊山が姿を現わした。

十二

「狩野遊山――」

歳三は、その姿を睨みながら苦々しく口にする。

此度のことに、狩野遊山が絡んでいることは察していた。だが、何の目的で、何をしようとしているのかが摑めなかった。

しかし――。

今の浮雲の話を聞いて、その答えが見えた。

狩野遊山は歳三を駒として扱い、蘆屋道雪や千代を始末させようとしていたのだ。自分の手を汚さず、他人を操る狩野遊山らしいやり口だ。

ただ、そのことに関しては怒りは湧かなかった。利用される自分が愚かだっただけのことだ。

歳三の心を大きく揺さぶっているのは、もっと別の感情だった。

いうなれば渇望――。

歳三の殺気を察したのか、狩野遊山が嬉しそうに、にたっと笑った。

「あなたと斬り合いたいのは山々ですが、それよりも先にやることがあるでしょう?」

「やること?」

「ええ。円心が生きていることを知り、あの者たちが大人しくしているとお思いですか?」

「…………」

歳三の言葉を遮るように、遼太郎が「わっ！」と驚きの声を上げた。

目を向けると、本堂の扉の隙間から白い煙が流れ出ていた。焦げた臭いが、歳三の鼻に届く。

──火を放ったのか！

狩野遊山と対峙したことで、そちらに意識を持っていかれていて気付くのが遅れた。

浮雲、才谷、遼太郎の三人は素早く本堂から離れた。ただ一人、隆盛だけが呆けたように煙に巻かれた本堂を見上げている。

この様子からして、本堂に火を放ったのは隆盛ではない。では、いったい誰が？　そして何のために？

歳三のその疑問に答えるように、煙が燻《くすぶ》る本堂の中から、二人の女が姿を現わした。

蘆屋道雪と千代だった。

「そういうことか……」

二人の姿を見て、歳三は全てに合点がいった。

玄宗に円心を殺させるという企てが失敗した。だが、そうなった場合も含めて、二人は次なる策を用意していたはずだ。

おそらくそれは、寺ごと焼き払い、この場にいる全員を皆殺しにすることだ。その上で、その罪を歳三たちに被らせるつもりだろう。

「隆盛さん！」

た。


歳三が叫んだが、既に手遅れだった。

蘆屋道雪は、迷うことなく直刀《ちょくとう》を抜くと、隆盛の胸を貫いた。

隆盛は「がはっ」と声を上げながら身体を反らせたあと、手をだらりと垂らして動かなくなった。

口から、だらだらと血が溢《あふ》れ出る。

「貴様！　何てことを！」

才谷が抜刀しつつ吼《ほ》える。

並みの人間であれば、その一声で震え上がるところだが、蘆屋道雪や千代には通じない。

蘆屋道雪は、隆盛から直刀を引き抜く。返り血を顔に浴びながら、にたっと笑う蘆屋道雪は、まさに悪鬼羅刹の如きだった。

「大人しく刀を置け。いくら、お前らが強いからといって、二人だけでどうこうなるものでもないぞ」

浮雲が金剛杖を構える。

「確かに、これだけの人数がいると、いささか骨が折れますね」

蘆屋道雪は、考え込むように唇に人差し指を当てた。だが、その実、困っている様子はない。この場にいる人数など、最初から分かっていたはずだ。その上で、これだけの余裕を見せるということは、何かしらの策があるということだ。

「大人しく捕まるか？」

「まさか。ただ、あなたたちの方こそ、こんなところに固まっていて良いのですか？」

「何だと？」

「平三の家に、私の手下を行かせてあります。もちろん、関わった者たちを皆殺しにするために

──ね」

蘆屋道雪の言葉で、浮雲の顔色が変わった。

その性分をよく分かっている。浮雲は、相手が誰であれ、その命を救おうとする男だ。

「…………」

「どうしたのですか？　早く行かなくていいのですか？」

蘆屋道雪がにたっと笑う。

浮雲は「くそっ！」と吐き捨てるように言って、駆け出そうとしたが、それを制したのは才谷だった。

「おれが行く。浮雲は、あの女と並々ならぬ因縁があるのだろう？　ここで決着をつけろ」

才谷は言い終わるや否や、もの凄い勢いで駆け出して行った。

蘆屋道雪が平三の許に放った刺客が、何人で、どの程度の腕のものか分からない。いくら何でも、才谷一人に任せるわけにはいかない。

「宗次郎！　お前も行け！」

歳三は鋭く言い放った。

「え？　でも……」

「いいから行け！」

「宗次郎。梅さんを頼む」

浮雲が、後押しするように言うと、宗次郎は「分かった」と返事をして、疾風の如き速さで駆け出して行った。

これで敵は蘆屋道雪、千代の二人。こちらは、歳三の他に浮雲と遼太郎の三人。数の上では勝っている。あとは——。

「あなたは、どうするのですか？」

歳三は、狩野遊山に目を遣った。

この男の振る舞い次第で、話は大きく変わってくる。

「そうですね。私は目的を果たしました。故に、今日のところはお暇《いとま》させて頂きます」

狩野遊山は、丁寧に頭を下げたあと、踵を返して悠々とその場を歩き去った。

本当であれば、狩野遊山と斬り合いたいところだったが、このような場においては、まともにやり合うことなどままならない。あの男が去ってくれたことで、数の上での有利を保つことができた。

「さっさと終わらせましょう」

歳三は、そう言いながら浮雲と遼太郎の方に歩み寄って行く。

「分かっている。だが、間違っても斬るなよ」

浮雲が鋭く言う。

この期に及《ご》んで、浮雲は蘆屋道雪と千代の命を奪わずに決着させようとしている。愚かだと思うが、敢えて口にすることなく、「分かっています」と応じた。

歳三は、ぎゅっと刀を握り締める。

今、持っているのは刃引きではない。狩野遊山から渡された真剣だ。斬らずに、終わらせるなんてことができるのだろうか？

「あなたたちは、本当に愚かですね」

蘆屋道雪は、そう言いながらこちらに向かって歩いてくる。

千代が従者のように、その後に続く。

さっきまでは煙だけだったが、本堂の隙間から炎が吹き出し、瞬く間に燃え広がっていく。

「御託はいい。いい加減、この下らん茶番を終わらせるさ」

浮雲が言うと、蘆屋道雪は声を上げて笑った。

「あなたは、私たちに勝つつもりでいるのですか？」

蘆屋道雪の挑発に、浮雲が「当然だ」と応じる。それを受け、蘆屋道雪は再び声を上げて笑った。

「あなたたちは、人選を間違えたのですよ」

「何？」

「あなたたちの中で、一番強いのは才谷さんでしょう。次が歳三さん。それから、宗次郎さんと浮雲さんが肩を並べる。最弱は遼太郎さんですね」

「何が言いたい？」

「最弱の遼太郎さんを行かせるべきだったんですよ。平三の家には、誰も向かっていないんですから」

「まんまと乗せられましたね」

歳三は、苦笑いを浮かべるより他なかった。

焦っていたとはいえ、蘆屋道雪の口車に乗せられ、貴重な戦力を削ぐ形になってしまったというわけだ。

「お前らなんぞ、おれたちだけで充分だ」

浮雲が鋭い眼光を蘆屋道雪に向ける。

それを受けた蘆屋道雪は、ふっと口許を緩めた。

「大した気迫ですね。ご存じの通り、私は慎重なのです。簡単にはいきませんよ」

蘆屋道雪が手を上げると、それを待ち構えていたように、茂みがガサガサと揺れ、三人の男たちが境内の中に入って来た。

刺客を用意していたというわけだ。人数は少ないが、茂みの中に隠れながら気配を気取られないのだから、それなりに骨のある連中なのだろう。

圧倒的に不利な状況に陥ったというわけだ。

「では、始めるとしましょう」

蘆屋道雪がそう言うと、三人の刺客は一斉に遼太郎に襲いかかる。

浮雲は、金剛杖を使って刺客たちを引きつけつつ、遼太郎を守るようにして一旦、後退った。浮雲の性分をよく分かっている。浮雲を直接攻撃するより、遼太郎を狙った方が効きめがあるということを知っているのだ。

歳三は、加勢に入ろうとしたが、それを阻むように千代が立ち塞がった——。

十三

遼太郎は、ぐっと歯を食いしばった。

刀を持った三人の男に囲まれてしまっている。立ち向かおうにも、武器を何一つ持っていない。

自分が追い詰められているのもそうだが、浮雲の足を引っ張っていることが、何よりも許せなかった。

浮雲は遼太郎を守るように立ち、金剛杖を構えている。自分のせいで、思うように戦えないのだ。

「そこをどいて頂けますか？　私たちは、慶喜様も殺さなければならないのです」

蘆屋道雪が、ゆっくりと歩み寄ってきて、浮雲と同じ赤い双眸を細める。

同じ色のはずなのに、浮雲と違い禍々しく見えた。

それは、本堂から燃え上がっている炎を受けていたからかもしれないし、もっと別の何かかもしれない。

「どうして、お前たちは遼太郎の命を狙う？」

浮雲は、蘆屋道雪に問いながら、手を後ろに回して袢纏を着た背中を、とんとんと叩く。

――いったい何をしているのだ？

首を捻った遼太郎だったが、すぐに浮雲の考えに気付いた。

袢纏の下に、棒のような膨らみが見えた。

遼太郎は、浮雲の背中に隠れるようにして、袢纏の裾を持ち上げる。

――やっぱりそうだ。

袢纏の下の、着物の帯に、杖のようなものが挿してあった。ただの杖ではない。仕込み刀だ。

「なぜ狙うかって？　そんなこと、わざわざ答えるまでもありませんよ。その血が狙われる理由です」

「お前に自分の意思はねぇのか？」

「意思？」

「そうだ。言われるままに人を殺めて、その先に何がある？」

浮雲が挑発するように言う。

そうやって、蘆屋道雪の気を引いているうちに、遼太郎は細心の注意を払いながら、浮雲の帯に挿してある仕込み刀を手に取る。

「分かっていますよ。こうやって私の気を引き、慶喜様に刀を渡そうとしているのでしょう？でも、そんなことをしても、無駄ですよ」

蘆屋道雪が冷たい顔で言った。

――見抜かれていた。

ならば、もうコソコソする必要はない。遼太郎は、一気に仕込み刀を引き抜くと、正眼に構えて浮雲の隣に立った。

剣術なら嫌というほど鍛錬させられた。仕込み刀の刀身は細く、短い。その上、刃引きではあるが、それでも刀には変わりない。これで、足手まといではなく、浮雲の手助けができる。

「勇ましいですね。慶喜様――」

蘆屋道雪が、嘲るように言った。

刺客の男たちが、じりっと囲んだ円を縮めてくる。

「いいか。おれが合図したら、お前はここを離れろ」

浮雲が声を潜めながら言う。

「どうしてですか？　私も戦えます」

「そんなことは分かっている」

「え？」

「円心だ。このままだと殺される。お前は、円心を守ってやれ」

浮雲は、境内の隅で呆然と立ち尽くしている円心に目を向けた。

そうだった。己のことばかりで、円心に目が行っていなかった。蘆屋道雪は、遼太郎だけでなく、円心の命も狙っているのだ。

歳三は千代という女と斬り合っていて、とても助けに行けるものではない。誰かが行かなければならない。

しかし――。

「浮雲さんは……」

「この程度の雑魚は、おれ一人で充分だ。円心のことは、任せたぞ」

遼太郎は、浮雲の言葉に目を見開いた。

今の言葉は、遼太郎を信じてくれたからこそだ。仲間として受け容れてくれたというのもあるのだろう。

それを思うと胸がじわっと熱くなった。

「分かりました」

浮雲は顎を引いて小さく頷くと、金剛杖を大きく振り回し、刺客の男の一人を薙ぎ倒した。

遼太郎は、それを合図と受け取り、円心に向かって駆け出した。

こちらの狙いを察したのか、蘆屋道雪が目で合図をする。すぐに、刺客の一人が遼太郎を追いかけてきた。

円心の手を引いて、走ってこの場から逃げることも考えたが、それは得策ではないとすぐに思い直す。

逃げるといっても、どこに逃げればいいのか分からない。それに、茫然自失の円心の手を引いてでは、すぐに刺客に追いつかれるのが目に見えている。

ならば――。

遼太郎は足を止めると、仕込み刀を構えて刺客の男と対峙した。

男は六尺はあろうかという大男で、身体つきもがっちりしている。動揺している様子もないので、腕にはそれなりの自信があるようだ。

男は、無言のまま刀を上段に構えた。

長身も相まって、まるで壁のように遼太郎の前に立ち塞がる。

――逃げるな。

遼太郎は自分に言い聞かせると、仕込み刀を正眼に構える。

斬り結ぶことを考えては駄目だ。そんなことをしたら、仕込み刀は簡単に折れてしまう。躱すことに集中しよう。

刺客の男の構えは上段だ。定石では、このまま真っ向に斬りかかってくる。

太刀筋が分かっているのであれば、いくらその太刀筋が速かったとしても、躱すことはできる。

――いや。駄目だ。

遼太郎は自分の中にある考えを振り払った。

躱すことができたとして、その後はどうする？　二の太刀、三の太刀と攻撃が続く。いつまでも、逃げ続けられるものではない。それに、遼太郎に与えられた役目は、逃げ回ることではない。

円心を守ることだ。だとしたら、刺客の男を打ち倒さなければならない。

遼太郎は、肺に大きく息を吸い込んで心を落ち着けると、真っ直ぐに刺客の男の目を見据えた。

お互いに隙を窺い、動けない状態だ。

バキッ――。

けたたましい音とともに、本堂を包んでいた炎が爆《は》ぜ、柱の一部が崩れ落ちた。

それが合図であったかのように、刺客の男がだんっと地面を踏み、渾身《こんしん》の力で刀を振り下ろしてくる。

だが――。

遼太郎はそれより速かった。

身をわずかに屈めながら、刺客の男との間合いを詰めると、その脇を抜けるようにして、仕込み刀で胴を薙いだ。

両手に痺れるような感触があった。

一瞬の硬直のあと、刺客の男は前のめりに頽《くずお》れる。

ふうっと遼太郎が安堵の息を漏らすのと同時に、仕込み刀が根元からぽっきりと折れてしまった。

強度が足りなかったというのもあるが、遼太郎の腕が不足していたことも大きいだろう。反省すべきことではあるが、打ち倒すことができた。

遼太郎は、円心に駆け寄り声をかける。

円心は、未だに呆けたような顔をしているが、それでも顎を引いて頷いた。

ほっと胸を撫で下ろした遼太郎の耳に、「逃げろ!」と叫ぶ声がした。

——何のことだ？

顔を上げた遼太郎の首に、刺すような痛みが走った。

途端、身体が痺れて動けなくなる。

足に力が入らず、地面に膝を突いてしまった。

——いったい何が起こった？

再び顔を上げた遼太郎のすぐ眼前には、小太刀を振りかざした女の姿があった。

軽い衝撃のあと、飛び散った血が遼太郎の顔に降り注いだ。

十四

「お前が邪魔をするか」

歳三は、目の前に立つ千代を見据え、低く唸るように呟いた。

本堂から燃え上がる炎に照らされ、千代の赤い左眼が、より一層色味を増したように見えた。

「邪魔をしているのは、私ではなく、あなたの方ですよ」

千代が目を細めながら小太刀を抜いた。

殺気を孕んだ目だ。にもかかわらず、なぜか哀しげに見えた。

「御託はいい。そこをどけ。さもなくば斬る」

歳三は、刀を霞《かすみ》に構える。

「あなたに私が斬れますか？」

千代がふっと笑う。

「何？」

「怯えた狼に私が斬れるのか――と問うているのです」

川崎宿の飯盛旅籠《めしもりはたご》で、千代は歳三のことを今と同じように怯えた狼だと評した。

あのとき、千代を抱き締めたときの肌触りが、温《ぬく》もりが、鮮明に肌に蘇る。ひと目で自分の本質を見抜いたこの女に、安らぎを覚えた。

偽らない自分の姿を受け容れてくれる、唯一の女だと思った。

――そう思うなら、どうして千代を連れて逃げなかった？

耳の裏で声がした。それは、己自身の声だった。

千代はあのとき「私と一緒に、ここから逃げて下さいますか？」と歳三に訊ねた。すぐにその手を取って、何処《いずこ》へなりとも行けばよかった。それなのに、歳三は、何も答えられなかった。

その結果が今だ――。

千代と一緒に、全てを投げ捨てていれば、こうして刀を突き合わせるようなこともなかった。

やはり、千代の言う通りかもしれない。

歳三は縛られている。威勢よく振る舞っているが、その実、常識や倫理にがんじがらめにされている。それを断ち切る度胸がない。

だから――怯えた狼なのだろう。

「斬れるさ」

歳三は、小さく笑みを浮かべながら言った。

「強がりですね」

「そうかもしれんな。だが、いつまでも怯えた狼でいるつもりはない」

「いいえ。あなたは変われませんよ」

「変われるさ」

「たとえ、変わったとしても、狼に過ぎません」

「試してみるか？」

「そうさせて頂きます」

千代は言い終わるや否や、舞うようにしなやかな動きで、歳三に斬りかかってきた。

歳三は大きく飛び退き、その攻撃を躱すと、間合いを広く取った。

千代のやり口は分かっている。この女の武器は小太刀だけではない。自在に調合した毒を使う。

特に、痺れ薬や幻覚をもたらす香を好んでいる。

以前も、そのせいで間合いを見誤り、殺されかけたことがある。

千代を相手に不用意に攻めに転じるのは危ない。

「どうしたのですか？　逃げてばかりでは、私を斬ることはできませんよ」

千代が笑う。

「安い挑発だな」

「挑発？　まさか。幻覚の類いを疑っているのなら、安心して下さい。此度は、何もしていませんよ」

千代は喋りながらも、小太刀を振り回して歳三に襲いかかってくる。

歳三はその度に、千代の小太刀を刀で受け流す。

鋼のぶつかる音が闇夜に響く。

こうして、斬り結ぶことができているのだから、千代の言うように、幻覚の類いは使っていないのだろう。

だが、もしそうだとすると、歳三には分からない。

「小細工なしで、おれに勝てると思っているのか？」

千代の小太刀は、優雅にして流麗だ。

だが、それだけだ。

速さも、力も、歳三には遠く及ばない。この程度の攻撃なら、すぐに千代を斬り捨てることができる。

「たいした自信ですね」

「己の力量を承知しているだけだ」

「そう思うなら、さっさと私を斬ればいいでしょ？　でないと、お仲間が死にますよ」

千代が再び笑う。

確かにその通りだ。浮雲は蘆屋道雪ともう一人の刺客を相手にして、二対一の戦いを強いられている。

今は、何とか持ち堪えているが、押されているのは明らかだ。

遼太郎もまた、六尺はあろうかという大柄の刺客と対峙している。それなりの腕があるようだが、遼太郎が持っているのは仕込み刀。しかも円心を守りながらだ。段違いに不利だ。

早々に千代を片付け、加勢をしなければ、この場で全滅ということにもなりかねない。

「言われなくても斬るさ」

歳三が言うと、千代は哀しげに眉を下げた。

「嘘吐き」

「何？」

「あなたは、私を斬れません」

「お前こそ大した自信だな」

「これは、私の腕の話ではなく、あなたの心の話です」

「…………」

「さっきも言いました。あなたは怯えた狼です。そんな人に、私を斬ることはできません」

──ああ。そうか。

歳三は、千代の考えが分かってしまった。

千代は死にたがっているのだ。

その異形故に捨てられた憐れな子ども。その後、医者の夫婦に拾われた。だが、その二人も千代のせいで、惨殺された。

何もかもを失った千代は、蘆屋道雪の傀儡として生きるしかなかった。

言われるままに身体を売り、人を殺しながら、生きてきた。しかし、そんな生に意味があるのだろうか？

千代は、誰かに人として、自分の存在を受け容れて欲しかったのではないだろうか？

だからこそ、川崎宿で千代は歳三に、一緒に逃げて欲しいと言った。

それなのに——。

歳三は、千代の手を引くことはなかった。

あの刹那に、千代は人として生きることを、諦めたのかもしれない。千代の一縷《いちる》の望みを断ち切ったのは、誰あろう歳三だったのだ。

ならば、せめて千代を人として死なせてやるのが、歳三の役目ではないか？　そんな風に思った。

「斬れるさ」

「また嘘」

「嘘じゃない。おれは狼をやめる」

「狼をやめて、どうするのですか？」

「鬼——」

「…………」

「おれは鬼になるさ」

歳三は呼吸を整えると、肩の力を抜き、刀を構え直した。

今、何を言ったところで千代の耳には届かない。決意を示すためには、行動で示すしかない。

「目つきが変わりましたね」

千代が恍惚とした表情を浮かべながら言った。

歳三は何も答えることなく、じりっと間合いを詰める。本堂を包む炎がけたたましい音を立てながら爆ぜた。

それを合図に歳三は地面を蹴った。

千代は、歳三の動きの速さについていけていなかった。

慌てるかと思ったが、千代はなぜか嬉しそうに笑みを浮かべた。

歳三はそのまま千代の喉を突く。

はずだった——。

だが、切っ先が千代の白く柔らかい肌に触れる寸前で、突きの軌道がずれた。

千代が躱したわけではない。

寸前まで殺すつもりだったのだが、千代の笑みが歳三の切っ先を逸らしたのだ。

歳三は刀を返しつつ、柄の部分で千代の喉を突いた。

千代は喉を押さえながら、その場に蹲《うずくま》る。

「やはり……嘘吐き……ですね……」

千代は、額に脂汗を浮かべながら、喘ぐように言った。

そうかもしれない。歳三は嘘吐きだ。他人に対しても、そして何より己を欺き続ける嘘吐きだ。

――怯えた狼のままだったな。

歳三は内心で呟くと、恨めしそうに歳三を見上げる千代から逃れ、遼太郎の方に目を向けた。

遼太郎は、あの大男を打ち倒したらしい。

仕込み刀は折れてしまっていたが、その傍らには刺客の男が倒れていた。剣の腕があることは察していたが、この土壇場でその本領を発揮したようだ。

浮雲の方に目をやると、刺客の男は打ち倒したようだ。しかし、蘆屋道雪の方はまだぴんぴんしている。

相当に苦戦しているらしく、浮雲は肩で大きく息をしている。腕のあたりに怪我も負っているようだ。このままでは長くは保たない。

歳三は、浮雲の加勢に行こうと足を踏み出した。

だが――。

その刹那、千代が立ち上がる気配があった。

しばらく動けないと思っていたのに、もう回復したとでもいうのか？

慌てて千代に目をやる。

てっきり歳三に襲いかかってくるかと思ったが、そうではなかった。千代は、針のようなものを遼太郎に向かって投げ付ける。次いで小太刀を振り上げて突進していく。

――拙い。

「逃げろ！」

歳三が叫ぶと、遼太郎も襲ってくる千代に気付いた。

千代は手負いだが、遼太郎の持っている仕込み刀は折れてしまっている。

いくら何でも素手では太刀打ちできない。

歳三の腹の底が熱を持った。相反して、心は凍《い》てつくように冷たくなる。

考えるより先に身体が動いていた。

歳三は疾風の如く駆け出すと、今度こそ、何の迷いもなく、背中から千代の身体を貫いた。

肋骨の隙間を抜け、千代の胸から切っ先が突き出る。

刀を伝って感じるその手触りは、千代を抱いたときと同じ、柔らかくて温かいものだった。

千代が、がはっと血を吐き、それは遼太郎の顔に降り注いだ。

歳三が刀を抜くと、千代はどさっと、その場に倒れ込んだ。

仰向けになった千代は、ぜーぜーと掠れた息をしながら、歳三をじっと見上げていた。

「土方さん」

遼太郎が近付いてきたが、歳三はそれを押しのけ、千代の傍らに屈み込む。

「私を……連れて行って下さるのですね……」

千代が目を細めて笑いながら言った。

歳三は、今になってようやく千代の真意を悟った。

千代は川崎の宿で、歳三に突き放されたから死を望んだのではない。最初から、ずっと死のうとしていたのだ。

千代が連れて行って欲しかったのは、黄泉《よみ》の国だった。

「ああ。おれは、嘘吐きじゃない」

「そうですね……今のあなたは……鬼です……」

その言葉を最後に、千代は事切れた。

千代の亡骸を抱きすくめたい思いに駆られたが、歳三はそれをぐっと抑えた。千代は、そんなことは望んでいない。千代は、ただ自由になりたかったのだから、歳三などが抱いていいはずがない。

「愚かな女。興が醒めました」

笑みを含んだ声が響いた。

蘆屋道雪だった。

千代に一瞥をくれた蘆屋道雪は、浮雲と対峙しているにもかかわらず、早々に直刀を鞘に納めると、踵を返してしまった。

「待て！」

歳三が声を上げると、蘆屋道雪はピタリと足を止めた。

「まさか、千代の死を哀しめとでも言うのではありませんよね？」

「…………」

「あれは傀儡――人ではなく物なのです」

蘆屋道雪は、平坦《へいたん》な声で言うと、そのまま歩き去って行った。

後を追いかける気にはなれなかった。それは、浮雲も同じだったらしく、蘆屋道雪から視線を引き剝がし、歳三に目を向けてきた。

細められたその赤い双眸には、明らかな侮蔑が滲んでいるようだった。

浮雲は、幽霊が見えることから、殺さずを貫いてきた。そして、それを歳三にも言い続けてきた。これまでい浮雲に制されることで、何とか踏み留まっていたが、歳三はついに人を殺めた。

歳三は、千代の望みに応え、浮雲の期待を裏切ったのだ。

しばらく見合っていると、「な、何だこれは！」という驚きの声が響いた。

才谷だった。すぐ後ろには宗次郎の姿もある。

一度、平三の家に行き、刺客がいないことに気付き、舞い戻って来たのだろう。

「歳三。お前がやったのか？」

才谷は、血に染まった歳三の刀に目を向ける。

「ええ」

「なぜだ？　何も殺さずとも……」

「仕方なかったんです！」

才谷の声を遮ったのは、遼太郎だった。

「何？」

「土方さんは、私を守るために、この女を斬ったのです。そうしなければ、私が斬られていました」

遼太郎の強い言葉で、場の雰囲気が変わった気がした。

「そうなのか？」

才谷が訊ねてくる。浮雲も、険しい眼を向けてくる。

遼太郎を助けるためであったのも事実だが、同時に、歳三は千代の望みを叶えるためにその胸を貫いた。

素直に胸の内を明かすのも一つだが、歳三は敢えて「そうです」と呟いた。

自分が怯えた狼なのか、あるいは鬼なのか、今の歳三にはよく分からなかった——。

その後

遼太郎は、焼け落ちた建物の前に、跪《ひざまず》いている男の背中をじっと見つめた――。

その背中は、泣いているようでもあり、怒っているようでもあった。

川沿いのその場所には、かつて診療所が建っていたらしい。空き家になっていたのだが、玄宗が攫った子どもを解体するのに使っていたらしい。

歳三は、滝川寺で自分が斬った千代という女の骸を、この場所まで運んで埋葬した。

埋葬するなら、滝川寺でも良かったと思うのだが、歳三は、敢えてこの場所を選んだ。その理由が気にはなったが、訊ねることができなかった。

歳三は、滝川寺で千代を斬ってから、人が変わってしまったように思う。

前から摑み所のない人物ではあったが、それとは異質なものを感じる。目の奥にある闇が、より深さを増したようだ。その瞳には、何も映っていないように思える。その癖、突き刺さるようなギラついた空気を周囲に放っている。

これまで、鞘に納まっていた刀が抜き放たれた——そんな印象を抱く。

歳三が変わったのは、滝川寺で千代を斬ったことが原因だろう。詳しくは聞かせてもらえていないが、二人が只ならぬ間柄にあることは、その口ぶりや態度から分かっていた。立場が違い、反目することにはなっていたが、心の部分では惹かれ合っていた。

それでも歳三は、千代を斬った。

遼太郎を守るために、斬らざるを得なかった。

歳三が、変わってしまったのだとしたら、それは遼太郎の責任だ。

「土方さん」

遼太郎が声をかけると、歳三はゆっくりと立ち上がり、こちらに向き直った。その顔には、笑みが張り付いていたが、やはり目の奥は暗く淀んでいた。

——ああ。歳三は泣いているのだ。

遼太郎はそう思った。故にそれ以上言葉を発することができなかった。

「後始末は終わったのですか？」

歳三が訊ねてきた。

遼太郎たちは、滝川寺での事件の後始末を色々と手伝うことになった。歳三だけが一人、千代の死体を埋葬するために、この場所に足を運んでいたのだ。

「あ、はい」

「円心さんは、どうしたのですか？」

「玉藻さんが色々と手配して、平三さんとお雪さんと一緒に、姿を隠したようです」

「弘真さんは？」

「隆盛さんの師匠筋にあたる僧侶に、引き取られることになったようです。滝川寺を復興させるための手配も進んでいるそうです」

これらについても、全部、玉藻が各方面に口利きをしてくれたらしい。知るほどに、単なる遊女とは思えない。何か秘密がありそうだが、訊ねたところで教えてはくれないだろう。

「それは良かった」

「他の人たちも、もうすぐここにやって来ると思います」

遼太郎が告げると、歳三は「そうですか」と目を細めた。

「あの……」

遼太郎は、話が一区切りついたところで、改めて口を開いたのだが、やはりその先、何と言っていいのか分からず口籠もってしまった。

「遼太郎さんの責任ではありません」

歳三の声は静かだったが、遼太郎の心を揺さぶった。

「しかし……」

「遅かれ早かれ、私は千代を斬っていました。そういう定めだったのです」

「…………」

「だから、気に病むことはありません」

遼太郎は、歳三の言葉に何も返すことができず、ただその場に立ち尽くした。

言葉の通り、歳三は遼太郎を全く責めていない。だからこそ、余計に心が苦しくなる。

「こういうときは、助けてもらった感謝を述べるべきだ。そうじゃないと、歳三も踏ん切りがつかないってもんだ」

声をかけてきたのは才谷だった。

この人が言うと、本当にそうかもしれないと思ってしまうから不思議だ。彼の言葉には、そういう力があるのだろう。

「土方さん……」

礼を言おうとしたのだが、歳三は首を左右に振ってそれを遮った。

「感謝されるようなことではありません。それに、旅はまだ終わっていませんしね」

歳三が目を細めて笑ったところで、浮雲と宗次郎が、こちらに向かって歩いて来るのが見えた。

宗次郎は、歳三の姿を認めるとぴょんぴょんと跳ねるように駆けてきた。

「なあ。土方さん。早く行こうぜ」

宗次郎は、歳三の腕を引っ張ってぐんぐんと歩いて行く。才谷も、その後に続いて歩き出した。

遼太郎も後を追いかけようとしたが、最初の一歩が出なかった。このまま、歳三たちと一緒に旅を続けていいのかという迷いが生まれたのだ。

「行かないのか？」

　金剛杖を担いだ浮雲が訊ねてきた。

「このままでいいんでしょうか？」

「何の話だ？」

「土方さんは、私のせいで越えてはならない一線を、越えてしまったような気がします」

「そうかもしれねぇな」

「だとしたら、私は一緒にいない方が……」

「逆だよ」

「え？」

「お前がそう思うなら見届けろ」

「…………」

「後悔ならおれにもある。あいつが、腹に抱えているものを知っていた。だが、何もできなかった。だからこそ、最後まで見届けるべきだと思う」

　浮雲が墨で描かれた眼で、真っ直ぐに遼太郎を見据えた。

　絵なので、そこに感情などあろうはずもない。だが、それでも、そこには揺るぎない信念が込められているような気がした。

「そうですね――」

遼太郎は、大きく頷くと浮雲とともに歩き出した。

この旅の行く末に待っているものが、いったい何なのか？　遼太郎には分かるはずがない。だが、だからこそ、進むしかないのだ。

天然理心流心武館館長、大塚篤氏には
取材に全面的に協力いただき、大変お世話になりました。
この場を借りて、お礼を申し上げます。

神永学

初出
「小説すばる」二〇二三年四月号～十月号、十二月号、二〇二四年七月号
単行本化にあたり、大幅な加筆・修正を行いました。

◉装画　オクソラケイタ
◉ブックデザイン　坂野公一（welle design）

神永 学（かみなが・まなぶ）

一九七四年山梨県生まれ。日本映画学校（現日本映画大学）卒。
二〇〇三年『赤い隻眼』を自費出版。
同作を大幅改稿した『心霊探偵八雲　赤い瞳は知っている』で二〇〇四年プロ作家デビュー。
「心霊探偵八雲」「心霊探偵八雲 INITIAL FILE」の他に「天命探偵」「怪盗探偵山猫」
「確率捜査官　御子柴岳人」「悪魔と呼ばれた男」「殺生伝」「革命のリベリオン」などの
シリーズ作品、その他『イノセントブルー　記憶の旅人』『ラザロの迷宮』『悪魔の審判』
『マガツキ』などの著書がある。

邪《じゃ》鬼《き》の涙《なみだ》　浮《うき》雲《くも》心《しん》霊《れい》奇《き》譚《たん》

二〇二四年一〇月三〇日　第一刷発行

著者　神《かみ》永《なが》学《まなぶ》
発行者　樋口尚也
発行所　株式会社集英社　東京都千代田区一ツ橋二－五－一〇
〒一〇一－八〇五〇
電話　〇三－三二三〇－六一〇〇（編集部）
〇三－三二三〇－六〇八〇（読者係）
〇三－三二三〇－六三九三（販売部）書店専用
印刷所　TOPPAN株式会社
製本所　加藤製本株式会社

ISBN978-4-08-771877-5 C0093
定価はカバーに表示してあります。

集英社の本

浮雲心霊奇譚

◉第一シーズン全六巻　集英社文庫

時は幕末。絵師を目指す八十八《やそはち》は、身内に起きた怪異事件をきっかけに、憑きもの落としの浮雲と出会う。赤い瞳で死者の魂を見据える浮雲に惹かれ、八十八は彼とともに様々な事件に関わっていく——。

赤眼の理

菩薩の理

呪術師の宴

妖刀の理

白蛇の理

血縁の理

発売中！！

神永学

浮雲心霊奇譚

◉第二シーズン

幽霊が見える赤眼を持つ〝憑きもの落とし〟の浮雲。
彼は、帝に連なる皇子と陰陽師である母の間に生まれた。
おのれの運命と対峙するために、
土方歳三や宗次郎を連れ、京の都へと向かう――。

火車の残花

【集英社文庫】

月下の黒龍

【集英社単行本】

好評